U0630604

国家出版基金项目
NATIONAL PUBLICATION FOUNDATION

二零一六年中宣部主题出版重点出版物

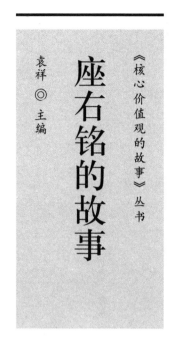

《核心价值观的故事》丛书

座右铭的故事

袁祥◎主编

光明日报出版社

《大学》有云："自天子以至于庶人，一是皆以修身为本。"中国人历来重视修身，自古便有写出来放在座位右边的修身箴言，谓之"座右铭"。从鲁迅先生少年时代刻于三味书屋课桌上的"早"，到毛泽东同志青年时期以"贵有恒何必五更起三更眠，最无益只怕一日曝十日寒"为座右铭，都激励着国人成长进步。

　　自2015年起，在全党持续开展的"三严三实"专题教育中，"严以修身"列在首位。同年8月，光明日报与中央电视台共同推出《我的座右铭·当代国人的修身故事》系列报道，以自述、访谈等形式讲述名人大家、两院院士、时代先锋、道德模范等在座右铭的陶冶下修身正己的人生故事。

把核心价值观宣传放在核心位置

——《核心价值观的故事》丛书序言

光明日报原总编辑　　何东平

　　《核心价值观的故事》丛书收录的是党的十八大以来光明日报有关家风家教、校训校风、乡贤文化、地名文化以及核心价值观百场讲坛的报道和文章，展示的是光明日报坚持不懈、不断创新的核心价值观宣传成果，更重要的是体现了光明日报这几年来一直秉持和坚守的"把核心价值观宣传放在核心位置"的办报理念。

　　为国家立心，为民族铸魂。十八大以来，党中央大力推进、持续深化社会主义核心价值观培育和弘扬，"在人的心灵里搞建设"，彰显出日益强劲的中国精神、中国价值、中国力量，托举起跨越百年的光辉梦想——中华民族伟大复兴中国梦。

　　"把核心价值观宣传放在核心位置"的办报理念正是建立在以习近平同志为总书记的党中央建设社会主义核心价值观新理念新实践基础之上的，是来源于对中国人民价值观自信自觉自立、坚信坚持坚守的感染、感动和感奋之中的。

　　作为一份主要面向知识分子的中央主要媒体，思想文化宣传是光明日报的神圣职责。我认为：思想文化宣传的特点，是以价值观作为总开关，要有成功的思想文化宣传，先得有成功的核心价值观宣传。

　　基于这一认识，十八大以来，我们紧跟党中央推进和深化社会主义核心价值观建设的新理念新实践，将创新社会主义核心价值观宣传作为创新思想文化宣传工作的重点，始终把核心价值观宣传放在核心位置，坚持广覆盖、融媒体、全栏目推进核心价值观宣传，坚持深入挖掘优秀传统文化，以文化传播和滋养核心价值观，坚持深入发掘好故事、生动讲述好故事，以先进典型弘扬和引领核心价值观，使核心价值观宣传好看、耐看，使核心价值观更好地走进人们的心灵。

一、广覆盖融媒体全栏目推进核心价值观宣传

社会主义核心价值观建设是面向全社会、全体公民的，必须落实到各个领域各个方面，与此相对应，创新社会主义核心价值观宣传报道，就要做到全方位推进、全领域覆盖。十八大以来，光明日报坚持不懈地在广覆盖、融媒体、全栏目上下功夫，开展了多个重大主题活动，推出了多个重点栏目，刊发了一系列重要报道和文章，从不同角度、不同层面弘扬社会主义核心价值观，实现了高密度、广覆盖、强效果的传播。

（一）广覆盖宣传核心价值观

2014年以来，光明日报开展了"家风家教大家谈"征文活动、"礼敬中华优秀传统文化"活动，推出了《校训的故事》《新乡贤·新乡村》《企业精神寻访录》《品牌背后的故事》《三严三实·我们这样做》《培育和践行社会主义核心价值观·干部担当》等专栏，实现了培育和践行社会主义核心价值观在家庭、学校、农村、企业、机关等领域宣传报道的全覆盖。

光明日报还综合运用新闻报道、理论评论、诗歌散文等多种形式宣传核心价值观，实现了核心价值观宣传体裁样式的广覆盖。光明日报在一版头条位置推出的《让道德成为市场经济的正能量》《君子文化与社

会主义核心价值观》等"光明专论",紧扣核心价值观的重大思想理论问题进行论述,在众声喧哗的舆论环境中发出主流声音,在思想观点的交锋中倡导主流价值,强化人们对培育和践行社会主义核心价值观的认知认同,产生了很大的社会影响。

（二）融媒体报道核心价值观

光明日报积极调动各种新闻元素,充分运用多媒体手段,务求在核心价值观宣传入脑入心上取得实效。

在中宣部的指导下,光明日报与中国人民大学、中国伦理学会合作开展了"核心价值观百场讲坛"活动,2016年起,中宣部宣教局和光明日报联合开展这项活动,通过整合报纸、网站、微信、微博和客户端,以一流专家和践行核心价值观典范演讲、报社内不同终端融合、与兄弟媒体合作宣传的方式,立体传播社会主义核心价值观。目前已开展了36场活动,现场聆听近两万人,收看节目网民近1亿人次,800多万网民参与交流互动。

2014年9月,光明日报推出了《培育和践行社会主义核心价值观·百家经验》专栏。光明网同步推出"百家经验"主题页面和报道专区,配发大量图片和微视频,并在首页重点推介。光明日报法人微博发起"百家经验·我们的价值观"话题,与微友互动交流。不同媒介的报道形成了整合传播效果,融媒体传播方式有效拉近了"百家经验"与受众的距离。

（三）全栏目传播核心价值观

光明日报通过不同内容层次、不同刊发频率专栏的合理搭配,实现了核心价值观宣传的全栏目融入。《培育和践行社会主义核心价值观》是光明日报的一个常设栏目,从2012年底推出以来,已刊发160多篇报道。2015年以来,光明日报还立足自身特色,精心策划推出了《地名的故事·那些历史那些乡愁》《我的座右铭·当代国人的修身故事》《新邻里·新民风》等一批产生广泛影响的核心价值观宣传原创专栏。同年4月30日，在五一劳动节前夕，光明日报策划推出了《劳模家书》专栏报道，生动讲述劳模家书背后的感人往事，呈现劳模的内心世界、美好情怀，抒写广大劳模"爱岗敬业、争创一流，艰苦奋斗、勇于创新，淡泊名利、甘于奉献"的崇高精神和价值追求，唱响了劳动光荣、创造伟大的时代强音。

二、以文化传播和滋养社会主义核心价值观

培育和践行社会主义核心价值观是一项系统工程，其中一个重要方面就是依靠文化的滋养，并通过文化来传播。光明日报的特色在文化，优势在文化。我们立足自身特色和定位，在社会主义核心价值观宣传报道中突出文化特色，突出文化内涵，通过文化的滋养和催化，使核心价值观宣传报道直指人心。

（一）发掘中华优秀传统文化，深耕厚培当代价值

中华优秀传统文化蕴含着丰富的精神价值、深厚的道德资源，光明日报从中发掘符合当今时代需要的思想价值，深耕厚培当代价值。

家庭是德行培育和文化传承的第一驿站，家风家教具有优先、初始的文明和文化意义。光明日报与中央电视台开展的"家风家教大家谈"征文，上通文脉、下接地气，激发了众多读者对家风家教文化内涵的深入探寻，唤醒了广大民众对家风家教文化育人的美好记忆。

乡贤文化是中华文化的宝贵资源，蕴含丰富的人文道德力量。光明日报推出的《新乡贤·新乡村》系列报道深入挖掘浙江、广东、湖南等地传承乡贤文化、进行乡村治理的新鲜故事与经验，刊登的专家学者访

谈和专论，深刻阐释了乡贤文化对传播和滋养核心价值观的重要意义。这一报道得到中央领导同志的充分肯定。在中央领导重视和中宣部推动下，现在各地呈现出宣传推崇新乡贤、继承创新乡贤文化、滋养弘扬核心价值观的热潮。

（二）提炼不同领域文化内涵，与核心价值观交集共振

十八大以来，光明日报深入研究家风文化、校训文化、乡贤文化、企业文化、邻里文化和地名文化，开掘和提炼其中与社会主义核心价值观相贯相通的精神价值，通过《校训的故事》《新乡贤·新乡村》《品牌背后的故事》《新邻里·新民风》《地名的故事·那些历史那些乡愁》等专栏专题系列报道，传播和弘扬这些领域文化中蕴含的高尚精神追求和崇高价值理念，使不同领域文化内容与核心价值观形成交集和共振，很好地促进了核心价值观入脑入心。

2014年4月，光明日报推出了《校训的故事》专栏报道，通过阐发校训的由来、传承和发展，讲述知名大学校训背后的故事和优秀校友成长的历程，展现了校训蕴含的精神追求和文化特质，凝聚了广大师生的价值认同。刘奇葆同志到光明日报调研时，对《校训的故事》专栏给予充分肯定，并要求发挥校训对传播和涵养核心价值观方面的作用，让校训成为广大师生的行为规范和学校的优良风气。按照刘奇葆同志指示，光明日报进一步推出"校训的故事·忆述""校训文化专家谈""校训传播核心价值观·寻思录""校训的故事·开学第一课"等新系列，使校训报道更加丰满、更加生动，并随后与中宣部、教育部一起，成功举办了"大学校训传播社会主义核心价值观"研讨会。

2015年3月，光明日报与民政部区划地名司合作推出了"地名的故事·那些历史那些乡愁"系列报道，寻访地名流变背后的乡愁故事，追踪地名乱象治理的经验得失，探讨地名文化建设的思路和对策，很好地传播了地名文化知识，弘扬了社会主义核心价值观，受到广泛关注。

三、讲好故事，用先进典型弘扬和引领核心价值观

先进人物、先进典型犹如一面镜子，其言行故事蕴藏着砥砺人心、烛照时代的精神力量。十八大以来，光明日报致力于发现和发掘并生动讲述有光明日报特色的"中国故事"。光明日报特色的"中国故事"，主要是一批典型人物和他们的精彩故事，是一批中国知识分子爱国奉献、创业创新的故事，是一批文化和文化人的故事，其中很多成为时代楷模、道德模范，入选"感动中国人物"。这些人物、这些故事充分展现了中国人民真善美的精神世界、道德力量，传播和弘扬了社会主义核心价值观。

（一）发掘典型人物的当代价值，讲富于时代气息的好故事

在典型人物报道中，光明日报注重站在党和国家工作大局，把握时代变革与发展的大主题，发掘典型人物身上道德品质、人生追求的当代价值，讲富于时代气息的好故事。

十八大以来，全面推进从严治党、大力反腐倡廉成为党和国家的重要工作。2015年2月6日，光明日报在副刊《光明文化周末》以整版篇幅，刊发纪实散文《一位财政部长的两份遗嘱》，讲述了已经去世10年的财政部原部长吴波廉洁自律的故事，在反腐倡廉的形势下，向人们呈现了一个共产党人应有的高尚形象。文章被多家主流网站转载，得到多个有影响力微信公众号的推送。当年两会期间，中央新闻单位随即对吴波的先进事迹进行了集中报道，淡泊名利、克己奉公的"吴波精神"一经传播，立刻赢得众口称赞。

（二）以发现的眼光和关爱的情怀，讲述普通人不平凡的故事

光明日报推出的很多典型人物，都是记者在深入基层中发现的。为了一个典型人物的报道，光明日报的记者可以连续几年跟踪关注，持续数月贴身采访，再花几周打磨成稿。秉承这种向广度和深度不断拓展的理念，光明日报逐渐形成了以"发现的眼光和关爱的情怀"来讲述核心价值观故事的特色思路。

2014年5月29日，光明日报一版头条刊发《在泥土中，叩问生命的意义——记时代楷模、农业科学家赵亚夫》。光明日报记者、"范长江新闻奖"获得者郑晋鸣在基层蹲守、深入采访的基础上，报道了农业科学家赵亚夫53年扎根农村，从扶贫式开发到致富式开发再到普惠式开发，用自己独特的"三部曲"创新"三农"发展模式，带领村民走上新型农业小康之路的故事。赵亚夫身上的担当和"探路人"气质，感染和鼓舞了很多人，被誉为"点燃大地的活雷锋"，并获得"时代楷模"的称号。2014年底，习近平总书记在江苏考察时，深入镇江市世业镇先锋村农业园调查了解现代农业发展情况，同赵亚夫同志进行了亲切交谈，赞扬他做给农民看、带着农民干、帮助农民销、实现农民富，赢得了农民群众爱戴，"三农"工作需要一大批这样无私奉献的人。

（三）让典型有"烟火气""人情味"，讲人类共通情感的好故事

在典型人物报道中，光明日报不求高大完美，而求可亲可信，将注意力更多地投向普通人的悲欢离合、命运变迁，挖掘先进典型身上的"烟火气""人情味"，讲人类共通感情的故事，让不同的人群在潜移默化中接受和认同社会主义核心价值观。

2013年6月17日，光明日报一版头条刊发通讯《听油菜花开的声音》，报道农民沈昌健一家35年前赴后继、矢志不渝培育超级杂交油菜的故事。记者把沈昌健、沈克泉父子还原到现实生活中，在矛盾冲突中展现人物的追求，讲述他们在没有任何经济回报的情况下，经历一次又一次的实验失败，承受各种冷嘲热讽，全力培育杂交油菜的经历。报道依靠细节和情节呈现人物的内心世界，生动展示了中国梦与普通人的深刻关联。多家媒体特别是网络媒体跟进报道，"油菜花父子"成为2013年"感动中国人物"。在有关这篇报道一个的报告上，中央领导批示"讲好故事事半功倍"。

四、对创新社会主义核心价值观宣传的思考

核心价值观宣传是光明日报新闻报道的一大亮点和核心竞争力。总结十八大以来光明日报在核心价值观宣传方面的创新探索，可以得到以下启示。

（一）核心价值观宣传要顺应大势主动融入全党工作大局

2013年8月19日，习近平总书记在全国宣传思想工作会议上强调，宣传思想工作一定把围绕中心、服务大局作为基本职责，胸怀大局、把握大势、着眼大势，找准工作的切入点和着力点，做到因势而谋、应势而动、顺势而为。核心价值观的宣传也必须顺应大势，主动融入全党工作大局，掌握好时、度、效，这样才能达到理想的传播效果。这些年，光明日报在核心价值观报道中注重紧密联系全党工作大局，同时注意结合当代受众的思维习惯、接受心理，发现、发掘生动感人的典型，讲述和描写内涵丰厚的故事，设置和聚焦具有浓郁文化特色的话题和议题，从而激发受众情感共鸣、达成社会共识。如在中央全面从严治党、深入反腐倡廉的大形势下，光明日报推出财政部原部长吴波廉洁自律的感人报道，契合了公众对共产党人应有形象的期待，取得了很好的宣传效果。

在大众创业、万众创新风起云涌之际，讲述沈昌健父子不畏艰辛、创业创新的故事，生动展现了"油菜花父子"的"中国梦"，产生"事半功倍"的宣传效果。同样，家风家教、校训校风、座右铭、乡贤文化、地名文化、邻里文化系列报道之所以产生广泛的传播力和影响力，原因也正在于此。

（二）把讲好故事作为增强核心价值观宣传吸引力感染力的重要手段

中央领导"讲好故事事半功倍"的批示，为新闻媒体增强核心价值观宣传的吸引力感染力指出了一条有效途径。我认为，讲故事区别于讲道理。讲道理是宣传的内核，如果没有包装，内核就会陷于抽象。而讲故事，是再现具象元素、使受众进入生动场景的方法，是使讲述内容与受众最贴近的方法。光明日报的核心价值观宣传注重讲故事，在典型人物报道中，突出以人们共通的情感和价值追求为出发点讲述故事，让读者读起来"感同身受"。两年多来，光明日报又在努力讲文化和文化人的故事，通过讲故事的方式，深入挖掘优秀传统文化当代价值，传播和滋养核心价值观，显示了很强的吸引力、感染力、传播力、引导力。

（三）适应媒体格局变化大势不断创新核心价值观传播方式

随着互联网尤其是移动互联网的发展，人们的注意力已发生大规模的迁移，"两微一端"等新兴媒体日渐成为人们获取信息的重要渠道。核心价值观的宣传必须适应这种变化，创新传播方式，做到人在哪里，阵地就拓展到哪里。光明日报注重以融媒体方式宣传核心价值观，在"核心价值观百场讲坛"活动中，充分发挥各媒介特性，让各种媒体融会互动，产生传播场的化学反应，使每一场活动都形成一个融媒体产品，取得了优良的传播效果。"核心价值观百场讲坛"现已成为"宣传社会主义核心价值观的标杆性活动"，得到刘云山、刘奇葆等中央领导的充分肯定。这给我们一个启示，媒体融合发展是宣传思想文化工作创新和核心价值观宣传创新的重大任务，要把核心价值观宣传创新和媒体融合发展紧密结合起来，在网上和社交媒体上唱响社会主义核心价值观的主旋律。

2016年新春伊始，习近平总书记在北京主持召开党的新闻舆论工作座谈会并发表重要讲话，高屋建瓴地提出新闻媒体"高举旗帜、引领导向，围绕中心、服务大局，团结人民、鼓舞士气，成风化人、凝心聚力，澄清谬误、明辨是非，连接中外、沟通世界"的职责和使命。光明日报要牢记这些职责和使命，继续坚持把核心价值观宣传放在核心位置，进一步深化和强化党中央推进社会主义核心价值观建设的战略部署和宏伟实践的宣传报道，进一步用文化传播和滋养社会主义核心价值观，进一步发掘好讲述好核心价值观的故事，为使社会主义核心价值观"像空气一样无所不在、无时不有"，成为"百姓日用而不觉的行为准则"，为支撑起公民的精神高度和社会的文明程度，为构建"一个民族赖以维系的精神纽带"和筑牢"一个国家共同的思想道德基础"贡献应有的力量。

为国家立心 为民族铸魂

——十八大以来党中央推进和深化
社会主义核心价值观建设纪实

每个走向复兴的民族，都离不开价值追求的指引；每段砥砺奋进的征程，都必定有精神力量的支撑。

这种追求，虽百折而不挠；这种力量，"最持久最深沉"。

正如习近平总书记所言："人民有信仰，民族有希望，国家有力量。"

为国家立心，为民族铸魂。十八大以来，党中央大力推进、持续深化社会主义核心价值观培育和弘扬，"在人的心灵里搞建设"，久久为功，驰而不息。

以马克思主义科学理论为指导，以当代中国社会主义实践为基石，以历久弥新的优秀传统文化为滋养，强基固本的灵魂工程建设，凝聚起社会共识的"最大公约数"，彰显出日益强劲的中国精神、中国价值、中国力量，托举起跨越百年的光辉梦想——中华民族伟大复兴中国梦。

（一）提炼、提升、提振

——寻找"一个民族赖以维系的精神纽带"，筑牢"一个国家共同的思想道德基础"

2012年11月29日，国家博物馆。

面对"复兴之路"展览呈现的壮阔历史，习近平总书记郑重提出"中国梦",并庄严承诺:"到中国共产党成立100年时全面建成小康社会的目标一定能实现,到新中国成立100年时建成富强民主文明和谐的社会主义现代化国家的目标一定能实现,中华民族伟大复兴的梦想一定能实现。"

黄钟大吕之音,富民强国之情。

在举国热望与世界瞩目中,以习近平同志为总书记的党中央带领中国人民开始了又一段壮阔航程。

然而,这艘扬帆航行的巨轮,面对的并非"潮平两岸阔"。在纷繁复杂的国际国内形势面前,能够充当"压舱石、定盘星"者,唯有坚若磐石的核心价值观。

从习近平总书记一次次语重心长的论述中,可以窥见党中央对核心价值观作用的清醒认识——

"核心价值观,承载着一个民族、一个国家的精神追求,体现着一个社会评判是非曲直的价值标准。""核心价值观是一个民族赖以维系的精神纽带,是一个国家共同的思想道德基础。如果没有共同的核心价值观,一个民族、一个国家就会魂无定所、行无依归。"

倡导富强、民主、文明、和谐,倡导自由、平等、公正、法治,倡导爱国、敬业、诚信、友善。党的十八大报告提出的"三个倡导",明确了社会主义核心价值观的基本内容,中华民族在新时代的精神旗帜昂然树起。

三年来,无论治国理政事务如何繁杂,以习近平同志为总书记的党中央始终把推进社会主义核心价值观建设视作重大战略工程,毫不松懈。

提高国家文化软实力;培育和弘扬社会主义核心价值观、弘扬中华传统美德;中华民族爱国主义精神的历史形成和发展——中央政治局集体学习中，第十二次、第十三次、第二十九次的主题均与核心价值观建设紧密相关。社会主义核心价值观的要义、内涵、作用等，在治国者们的学习与讨论中愈加清晰。

2013 年 12 月，中共中央办公厅印发《关于培育和践行社会主义核心价值观的意见》，明确提出：以"三个倡导"为基本内容的社会主义核心价值观"是我们党凝聚全党全社会价值共识作出的重要论断""为培育和践行社会主义核心价值观提供了基本遵循"，并全面阐述了培育和践行社会主义核心价值观的意义、原则、途径和方法，对这一"铸魂工程"作出了新的战略部署。

"用共同理想信念凝聚民族意志，用中国精神激发中国力量，动员全体中华儿女共同创造中华民族新的伟业。"正如习近平总书记在庆祝中华人民共和国成立 65 周年招待会讲话中指明的那样，提炼并确立社会主义核心价值观基本内容，提升理想信念、价值取向在国家治理中的层次地位，提振全体社会主义建设者的进取信心，新一届党中央精准发力，用非凡的中国精神凝聚起强大的中国力量。

（二）自信、自觉、自立
——抓住价值观自信这个"关乎民族精神独立性的大问题"，
以传统文化涵养核心价值观，抵御错误思潮侵扰

2012 年 11 月 17 日，十八届中共中央政治局第一次集体学习。

"理想信念就是共产党人精神上的'钙'，没有理想信念，理想信念不坚定，精神上就会'缺钙'，就会得'软骨病'。"新一届中央领导集体如何带领全国民众，坚持和发展中国特色社会主义？习近平总书记给出的答案之一，是"坚定理想信念"。

理想信念是价值观的核心要素。对理想信念的坚信、坚持与坚守，源自内心价值观的自信、自觉和自立。

精当表述背后，是党中央对价值观问题的长久思考与不懈求索。正如中共中央政治局常委、中央书记处书记刘云山多次强调的那样，增强价值观自信"是关乎民族精神独立性的大问题"，"有自信才会有自觉，有自信才会有清醒，有自信才会有定力"。

对自身的价值观信心坚定，方可始终保持对中国特色社会主义的道路自信、理论自信、制度自信、文化自信。

价值观并非无本之木，而是有根有源；自信并非凭空而来，实为有理有道。

我们的价值观，根源自马克思主义科学理论指导下凝聚的"胆气"——

党的十八大以来，马克思主义中国化理论创新成果喜人，进一步增强了我们的价值观自信。

我们的价值观，根源自中国特色社会主义实践伟大成就奠定的"底气"——

中国作为世界经济"火车头"的地位仍然稳定，经济"新常态"下倍感艰辛却砥砺前行的三年，验证着中国特色社会主义道路的正确方向。"这条道路既不是'传统的'，也不是'外来的'，更不是'西化的'，而是我们'独创的'，是一条人间正道。"习近平总书记的话语充满了力量，揭示了这条道路的独特魅力。

我们的价值观，根源自中华传统文化滋养的"志气"——

"中国人独特而悠久的精神世界，让中国人具有很强的民族自信心，也培育了以爱国主义为核心的民族精神。""中华优秀传统文化是中华民族的精神命脉，是涵养社会主义核心价值观的重要源泉，也是我们在世界文化激荡中站稳脚跟的坚实根基。"习近平总书记多次阐明传统文化与核心价值观之间的关系，并通过考察曲阜孔府、过问贵州孔子学堂办学情况、了解《儒藏》编纂等不断提醒国人：传统中有我们的精神基因，文化中有民族的志气底蕴。

一手"培土夯基"，稳固传统文化之根基，以中华优秀传统文化涵养社会主义核心价值观。

倡导优良家风。"不论时代发生多大变化，不论生活格局发生多大变化，我们都要重视家庭建设，注重家庭、注重家教、注重家风，紧密结合培育和弘扬社会主义核心价值观，发扬光大中华民族传统家庭美德。"2015年除夕来临之际，习近平总书记在春节团拜会上特意强调。家教家风成为推进社会主义核心价值观落地生根的重要抓手。2016年1月1日实施的《中国共产党廉洁自律准则》中，"廉洁齐家，自觉带头树立良好家风"上升为党员领导干部的基本要求。

培育乡贤文化。乡贤文化是中国君子文化的典型代表，它根植乡土，蕴含着见贤思齐、崇德向善的力量。十八大以来，各地既重"古贤"又重"今贤"，重构乡村本土文化，敦厚民心民风，激励向上向善，有力促进了社会主义核心价值观在乡村扎根。

重视传统节日。十八大以来，由中宣部、中央文明办主办的"我们的节日"主题活动秉承"长中国人的根、聚中国人的心、铸中国人的魂"宗旨，以民族传统节日为契机弘扬中华优秀传统美德，让传统节日成为爱国节、文化节、道德节，情感节、仁爱节、文明节，彰显了节日文化内涵，树立了节日新风。

一手"拨云见日"，破除错误思潮之迷障，在西方价值观攻势面前岿然不动。

社会主义核心价值观的每个关键词，既根源于中华优秀传统文化，又充分吸取了现代人类文明的优秀思想，"实际上回答了我们要建设什么样的国家、建设什么样的社会、培育什么样的公民的重大问题"，与西方价值标准有着清晰分野——

"富强、民主、文明、和谐"的国家价值目标，与"五位一体"总体布局紧密联系，彰显了中国特色社会主义的广阔前景；

"自由、平等、公正、法治"的社会价值取向，与国家、公民两个层面上下衔接，是推进社会治理创新的根本遵循；

"爱国、敬业、诚信、友善"的公民价值准则，外化为道德建设与行为准则，体现了社会文明水准与国家精神风貌。

坚定的价值自信，扎根于中华大地。任尔千磨万击，不惧狂风乱吹。

（三）落细、落小、落实
——使社会主义核心价值观"像空气一样无所不在、无时不有"，成为"百姓日用而不觉的行为准则"

认识的深化与升华，带来行动的提升与飞跃。党的十八大以来，社会主义核心价值观弘扬与践行更重顶层设计、更富内在驱动，渗透到治国理政各个环节，浸润于社会生活方方面面，尽显其"为益之大，收功之远"。

2015 年 9 月 3 日，中国人民抗日战争暨世界反法西斯战争胜利 70 周年纪念大会阅兵现场。

300 余名抗战老兵组成的乘车方队率先经过天安门城楼。苍苍白发，熠熠勋章，微微颤抖的军礼表达着对祖国强盛的敬意。掌声如潮水般涌起，泪水模糊了无数双眼睛。

2015 年 12 月 13 日，南京大屠杀死难者国家公祭仪式在南京市侵华日军南京大屠杀遇难同胞纪念馆举行。这是 2014 年 2 月底全国人大以立法形式将 12 月 13 日设立为南京大屠杀死难者国家公祭日之后，我们第二次以国之名悼念逝者。首个公祭日，习近平总书记出席公祭仪式并发表重要讲话。

"爱国"，世人深知这份情感的可贵。十八大以来，以习近平同志为总书记的党中央高扬爱国主义旗帜，把弘扬伟大的爱国主义精神作为核心价值观建设极为重要的任务贯穿到国民教育和精神文明建设全过程，利用各种时机和场合，生动传播爱国主义精神，引导人们"树立和坚持正确的历史观、民族观、国家观、文化观，增强做中国人的骨气和底气"。

2014 年 12 月 4 日，首个国家宪法日，最高人民法院。

"忠于祖国，忠于人民，忠于宪法和法律，忠实履行法官职责，恪守法官职业道德，遵守法官行为规范，公正司法，廉洁司法，为民司法，为维护社会公平正义而奋斗！" 40 余名来自最高法和地方法院的模范法官面向宪法和国旗庄严宣誓。

此前一个多月，十八届四中全会通过《中共中央关于全面推进依法治国若干重大问题的决定》，开启了中国法治新时代。

此后，党中央秉持"依法治国和以德治国相结合"原则，一面健全有效防范和及时纠正冤假错案的工作机制，重铸法治底线，一面把核心价值观融入法治建设，用善法良策的刚性约束有力支撑核心价值观建设，强化人们的道德判断力和道德责任感。

2016 年 1 月 3 日，北京朝阳区人民法院通过媒体公布 269 名"老赖"

名单，限制他们进行高消费，某歌手赫然在列。1月4日，法院执行法官即收到该歌手的还款彩信凭证。

十八大以来，在党中央指导和推动下，有关部门针对群众反映强烈的突出问题进行专项整治，用反面典型警示人，把歪风邪气压下去。"两高"出台打击网络谣言的司法解释，一批网络"大谣"认罪服法；中央文明委印发《关于推进诚信建设制度化的意见》，通过曝光、限制高消费等一系列举措打击各种"老赖"行为，有效遏制了不诚信现象蔓延。

社会主义核心价值观的弘扬与践行，无所不在，无处不有。2015年4月，中央宣传部、中央文明办印发《培育和践行社会主义核心价值观行动方案》，分解出30多项重点任务。按其部署，核心价值观"融入经济社会发展，融入人们生产生活，融入家庭家风家教"，富有实效的创新手段不断涌现。

一方面抓好重点人群，稳固核心价值观的根与魂。

"打铁还需自身硬"，领导干部这个"关键少数"必须成为践行社会主义核心价值观的先行者、好样本。八项规定、群众路线教育实践活动、"三严三实"专题教育、"打虎拍蝇"……一系列举措显著净化了政治生态，党员领导干部带头走正路、干正事、扬正气，有效激发了全社会崇德向善的正能量；"人生的扣子从一开始就要扣好"，核心价值观培育从少年儿童抓起，从青年学生抓起，融入国民教育全过程，为未来整个社会的价值取向夯基垒土。

一方面注重全面覆盖，放大凡人善举、平凡英雄的光与热。

全国道德模范评选、时代楷模发布、感动中国人物表彰，"身边好人""寻找最美"……三年来，舍己救人的"最美教师"张丽莉，捐资助学、扶贫济困的将军夫人龚全珍等无数道德灯塔在全国挺立，照亮了整个社会的价值星空。道德模范形成了强大的示范效应，学雷锋、志愿服务在大江南北蔚然成风，与文明城市、文明村镇、文明单位、文明家庭、文明校园等创建活动同频共振。善行河北、安徽好人、感动浙江……从一个身边好人的凡人善举，到一群道德模范的身先士卒；从一座城市的好人频出，到一个社会的崇德尚善。细水长流的日常熏陶，使人们从心底迸发出对善的敬重、对美的向往，成为这个时代最引人瞩目的精神力量。

一项项治理举措扎实有力，一个个道德痼疾得以疗治。三年来，社会风气发生潜移默化的变化，时代精神风貌开始逐步重塑。高远的价值追求在切近的现实生活中扎下根须，旺盛生长，支撑起公民的精神高度和社会的文明程度。

（四）交流、交融、交汇
——从世界多彩文明中汲取丰富营养，为人类共同价值贡献东方智慧

1月21日，在对伊朗进行国事访问之际，习近平署名文章《共创中伊关系美好明天》见诸《伊朗报》。饱含历史与情感的文字，尽显今日中国敞开怀抱、文明互鉴的真诚心愿。

今日中国，携5000年悠久文明精髓对接全新时代。"一带一路"构想赢得60多个国家响应，亚洲基础设施投资银行成功开业，加入上百个政府间国际组织，签署300多个国际公约，在亚太经合组织、上海合作组织、二十国集团、金砖五国等重要多边合作机制中担任重要角色。随着朋友圈越来越大，我国提出的"亲诚惠容"等外交理念深入人心，以合作共赢为核心的新型国际关系构建有力，打造人类命运共同体、责任共同体、利益共同体的倡导引起广泛共鸣。

以习近平同志为总书记的党中央引领当代中国，以新的理念新的姿态健步走向世界舞台中央。

2015 年 9 月 28 日，纽约联合国总部。

"'大道之行也，天下为公。'和平、发展、公平、正义、民主、自由，是全人类的共同价值，也是联合国的崇高目标。目标远未完成，我们仍须努力。"习近平出席第七十届联合国大会一般性辩论并发表重要讲话。

掌声如潮，经久不息，传递着世界各国对中国领导人倡导"全人类共同价值"，坚持多边主义、奉行多赢共赢新理念的高度肯定。

"全人类共同价值"，是对"人类命运共同体"在思想理念层面的深度挖掘，是对世界各国自觉奉行的价值准则的高度概括。它反映着世界最广大民众的价值理想、价值愿望和价值追求，是人类处理各类关系的共同准则。

但是，"全人类共同价值"不是西方所谓的"普世价值"——

"普世价值"是和"普世模式"连在一起的，它折射的是某些西方国家的强权和霸道。一些西方国家以居高临下的姿态，宣扬所谓"普世价值"，其实质是推销自己的"民主国家体系"和"自由体制"，用自己的尺子来衡量世界。他们不管一个国家、民族的意愿和实际，要求各文明参照他们的标准进行自我改造和转型，"普世价值"只是维护其世界统治地位、实现其最大利益的工具。

而在"全人类共同价值"面前，各个国家和民族是平等的，也是自主的。它承认和平、发展、公平、正义、民主、自由是大家都认可的价值观，大家都在为之努力，但每个国家的历史文化、发展阶段不一样，在追求的过程中有先有后，要正视这种差异。任何国家都不能简单地否认他国的努力，把自己的模式强加到别国头上。

"民主和人权是人类共同追求，同时必须尊重各国人民自主选择本国发展道路的权利。"2015年9月25日，习近平主席在同美国总统奥巴马共同会见记者时的回答掷地有声，清晰地表明了中国的立场。

这三年来的理论探索和实践表明：社会主义核心价值观与"全人类共同价值"是内在相通的——

中国文明的发展不是站在人类现代文明之外的发展，而是主动融入、引领世界潮流的发展。社会主义核心价值观，既植根于5000多年中华文明的丰厚土壤，也汲取着全人类共同文明成果和共同价值的丰富营养，它是全人类共同的文明成果和共同价值的升华和具体体现。

中国特色社会主义建设取得的巨大成就，早已确证中国道路对世界和平发展的重要启示意义，彰显中国道路向前延展的价值理念支撑，也因此成为"人类共同价值"宝贵的智慧资源，不断为世界各国尤其是发展中国家提供极富价值的参考。

社会主义核心价值观，是中国对全人类共同价值的重要贡献，也是中国对人类文明包容互鉴所作的郑重承诺。

这三年来的理论探索和实践同时表明：作为中国特色社会主义事业的基本价值引领，社会主义核心价值观与所谓"普世价值"有本质的区别。社会主义核心价值观所倡导的民主，是人民民主、是人民当家做主；自由，是人民民主专政下的自由，是同纪律有机统一的自由；公正，是人人平等、人人享有的公正；法治，是坚持党的领导、人民当家做主、依法治国有机统一的法治……

只有生长于本民族文明土壤中的价值观，才能对"全人类共同价值"提供文明互鉴的独特价值；只有代表人类前进方向的价值观，才能对世界产生感召力和影响力。

从"和谐中国"到"和谐世界"，从"社会主义核心价值观"到"全人类共同价值"，从人类"命运共同体"到"价值共同体"，中国不断基于成功实践为世界贡献理念与价值，也拓展与增进世界各国对中国理念、中国价值的认同。

"亚洲发展的美好愿景，同国家富强、民族振兴、人民幸福的中国梦是相通的。"马来西亚总理纳吉布说。

"中国的梦想不仅关乎中国的命运，也关乎世界的命运。"英国《金融时报》刊文称。

这让人回想起 2014 年 5 月 4 日，回想起总书记与北京大学师生座谈时对"青年要自觉践行社会主义核心价值观"的殷殷期望，回想起总书记那番充满自信的话语：

"站立在 960 万平方公里的广袤土地上，吸吮着中华民族漫长奋斗积累的文化养分，拥有 13 亿中国人民聚合的磅礴之力，我们走自己的路，具有无比广阔的舞台，具有无比深厚的历史底蕴，具有无比强大的前进定力。"

这是向世界传递的中国声音，这是向世界表达的中国信心。

今天，"十三五"新航程正在开启，全面建成小康社会只待冲刺，中国迎来了实现复兴梦想的关键节点。

以中国之名，因人民之托，我们扬高尚精神阔步前行，我们拥磅礴之力坚定逐梦！

（新华社北京 2 月 4 日电，人民日报、光明日报 2 月 5 日一版头条刊发，作者为光明日报记者王斯敏、谢文、张春丽）

目录

目录

后记

白天走干讲
晚上读写想

叶小文

有段话耳熟能详："予尝求古仁人之心……居庙堂之高则忧其民，处江湖之远则忧其君。是进亦忧，退亦忧。然则何时而乐耶？其必曰'先天下之忧而忧，后天下之乐而乐'乎。噫！微斯人，吾谁与归？"（范仲淹《岳阳楼记》）

予尝求之座右铭，源自这"古仁人之心"，在进退皆忧、忧国忧民中，总传承着一股"沛乎塞苍冥"的浩然之气。

多忧，必多思；多思，要多干。这"忧、思、干"何以相得益彰？听一位"处江湖之远"的基层干部说，他是"白天走干讲，晚上读写想"。有了，我的座右铭，就是它了。

白天走干讲：走下去、干起来、讲出水平。走，毛泽东在《反对本本主义》中说："迈开你的两脚，到你的工作范围的各部分各地方去走走，学个孔夫子的'每事问'。"走，不仅要开动双脚，还要开动脑筋，不能走马观花，"葫芦掉进井里，还是在水上漂着"。干，就是实践。纸上得来终觉浅，绝知此事要躬行。干部干部，先干一步。讲，是领导干部向广大人民群众讲解和宣传党的方针政策，动员、组织群众的重要手段。能不能讲、会不会讲，往往体现出一个领导干部的水平。我们有的干部，与新社会群体说话，说不上去；与困难群众说话，说不下去；与青年学生说话，说不进去；与老同志说话，给顶了回去。"套话一说完，主客便只好默默地相对，逐渐沉闷起来。"

晚上读写想：耐心读、勤于写、创造性地想。读，过了学生时代，没有专门时间读书，也没有老师督着你读书，就看自己愿不愿挤出时间读书。再忙，睡前总能挤一小时。关键是耐得住寂寞，稳得住心神，便可以进入另一个美妙的世界，从读书中获得心灵的充实和内心的愉悦。写，是反映客观事物、表达思想感情、传递知识信息的创造性脑力劳动过程。读书是学习，摘抄是整理，写作是创造。邓小平讲过："用笔领导是领导的主要方法，这是毛主席告诉我们的。凡不会写的要学会写，能写而不精的要慢慢地精。"想，学而不思则罔，思而不学则殆。朱熹说："读书有三到，谓心到、眼到、口到。心不在此，则眼看不仔细，心眼既不专一，却只漫浪诵读，决不能记，记不能久也。三到之中，心到最急。心既到矣，眼口岂不到乎？"

走干讲与读写想，相辅相成。读写想是坐而思，走干讲是起而行。白天光阴似金，最宜多走多干多讲；夜晚沉寂幽静，更适勤读勤写勤想。坚持走干讲，才能读得透、写得深、想得远；不懈读写想，才能走得实、干得好、讲得准。

白天走干讲，晚上读写想，夜以继日，累也不累？其实进入这样一种生活方式，便不难体会孔夫子的那股豪迈："子在川上曰：逝者如斯夫，不舍昼夜！"

白天走干讲，晚上读写想，周而复始，烦也不烦？其实会另生出一番快乐的滋味。享受工作，一心一意，忙并快乐着；享受生活，一茶一书，闲并快乐着；享受天伦，一生一爱，爱并快乐着。

白天走干讲，晚上读写想，积以时日，我就写出了若干短文，拿去发表。互联网时代，这类文章读者不会多了，但总还有人关注。记得五年前，有位领导同志来信说："小文大作，每每拜读，感慨良多。言简意赅，有彩无华，实不多见。还望能坚持下去，一以贯之。"鼓励之后，留了个作业题："我常想'是大家常说家常'，也一直想找到上对，终不得，求教为盼。"

我回信说："人民出版社为我出过一本《小文百篇》，其后我又发表了近百篇。拟凑够250篇之数后，再集一本，或名《小文二百五》，既有'小文的250篇小文'之意，也想说明：学海无涯，天外有天；佳作无穷，读之汗颜。我虽笔耕不辍，杂论一番，其实捉襟见肘，败笔时现。充其量，还只是个'二百五'而已。唯有学习再学习，努力再努力，突破'二百五'，进入新境界。"当然，毕竟没人喜欢"二百五"，人民出版社出的是《小文三百篇》。

如何给"是大家常说家常"对句？这位领导对的是："凡才子夜读子夜，是大家常说家常。"其意境，或许"夜读子夜"就是"晚上读写想"，"常说家常"就是"白天走干讲"吧？

白天走干讲，晚上读写想，一位基层干部的话，透着"古仁人之心"，我奉为座右铭。尽管"官"已"居庙堂之高"，但"微斯人，吾谁与归？"

叶小文

1950年生，湖南宁乡人，中国社会科学院宗教学博士，韩国东国大学名誉博士。曾任国家宗教事务局局长、党组书记，现任中央社会主义学院党组书记、第一副院长。主要著作有《多视角看社会问题》《宗教七日谈》《小文百篇》《望海楼札记》（中、日文版）等。

座右铭照见气节与风度

刘文嘉[1]

著名学者叶小文的座右铭来自一位基层干部，内容简简单单——"白天走干讲，晚上读写想"。但这里面，却浓缩着"先天下之忧而忧"的胸怀、"沛乎塞苍冥"的正气和"绝知此事要躬行"的勤勉，简单却丰富，直白也深刻。短短几个字蕴含着丰沛的情感，这正是"座右铭"的神奇所在。

"座右铭"语出《文选·崔瑗〈座右铭〉》，是中国人修身传统的具体体现。座右铭中，有的是官箴，提醒为官者以廉自警、就正有道；有的是劝学，鞭策为学者锲而不舍、自强不息。

---

1 刘文嘉为光明日报评论员，此文为《白天走干讲 晚上读写想》所配评论员文章。

有的能读出志存高远，有的能读出雅淡襟怀；有的能读出铁骨铮铮，有的能读出君子谦谦。那些炼字精准的座右铭，如同一面面镜子，照见一个人的心性和品格，也照见一个民族的气节与风度。

身修而后家齐，家齐而后国治，国治而后天下平——这是儒家传统中完整人格的成长路径，深刻地阐释了国民修养与社会治理的关系。时至今日，座右铭的形式已不再拘于原始状态，内容也已融汇古今中外思想结晶。鲁迅刻在三味书屋书桌上的"早"字，吉鸿昌烧制在饭碗上的"做官即不许发财"，徐悲鸿的"人不可有傲气，但不可无傲骨"，叶挺的"三军可夺帅，匹夫不可夺志"，这些，早已不再是一个人的座右铭，而是与他们的人生传奇相伴随，进入了国民性格，变成了文化基因，成为代代相传的人生信条。

习近平总书记曾多次谈到领导干部的修身问题，强调要心存敬畏、手握戒尺，慎独慎微、勤于自省。目前正在开展的"三严三实"专题教育中，第一条就是"严以修身"。领导干部达到修身正己的要求，经得起各种各样的冲击和诱惑，才能谈得到谋事创业、用权选人，才能谈得到推动改革、创造实绩。作为修身的载体，座右铭虽小，却充分展现出"道德昌则政化明"的道理。

从去年开始，本报相继推出了"家风家教大家谈"和"校训的故事"两个栏目，引起了读者的热议与好评，甚至形成了一种文化景观。此次"我的座右铭·当代国人的修身故事"，和家风、校训的报道一脉相承。这些箴言与训导，往往滴水藏海、小处见大，既能承接悠久传统，又能涵化共同价值，是无形却又充满力量的人文教化，是社会主义核心价值观的微观载体和重要内容，也是文化软实力最"接地气儿"的表达。我们希望通过这些有学养又有趣味的故事，让人们看到，这个社会有着强韧的文化凝聚力，也有着磅礴的文化正能量。

"白天走干讲，晚上读写想。"从学者叶小文质朴却又饱含深意的座右铭开始，读那些手边的箴言，感受独特的民族传承，静听跳动的文化脉搏。

读万卷书 行万里路

——我修身立德创作的力量源泉

阎肃[1]

我是一名老文艺工作者，一直信奉"读万卷书，行万里路"，把它作为我的座右铭，作为自己修身立德、学习创作的力量源泉。

今年5月，我已经85周岁。这么多年来，不知读了多少书，走了多少路，但我深知：一个人的财富不是金钱，而是阅历。"阅"即阅读，"历"即经历。

我是一名党的文艺工作者，修身立德，一

1　此文为阎肃生前自述，光明日报记者郭超整理。

直走在路上。在去年召开的文艺工作座谈会上发言时，我说过："现在，我心里依然经常哼唱着'追上去！追上去！不让敌人喘气'那些歌。我们也有风花雪月，但那风是'铁马秋风'、花是'战地黄花'、雪是'楼船夜雪'、月是'边关冷月'。就是这种肝胆、这种魂魄，教会我跟着走、往前行。"

这种肝胆、这种魂魄是一路走来砥砺而成的。1937年，抗日战争全面爆发，7岁的我随全家逃难到重庆，迫于穷困，栖身于一所天主教修道院，在教会学校读了5年书。1946年，就在学校准备把我推荐到高级修道院学习时，我父亲的一位思想进步的朋友极力劝说家人，让我离开修道院，考取了重庆南开中学。脱下黑长衫，穿上新校服，我一下子感到外面的世界是那么新鲜和自由。在南开，我和同学们一起排演《黄河大合唱》，自编自演讽刺蒋介石的小话剧《张天师做"道场"》，传看共产党办的《新华日报》，阅读鲁迅、巴金等进步作家的作品。

上大学后，我很快接触到中共地下党组织，像一团火一样投入党领导的学生运动。新中国成立前夕，我父亲的几位朋友劝说我们全家移居海外，我毫不犹豫地说："我哪儿都不去，我要留在重庆，迎接解放！"1950年9月，我带着早日投身新中国建设的强烈愿望，报名参加共青团西南青年艺术工作队。1952年，参加赴朝慰问，志愿军战士浴血奋战的感人事迹更加坚定了我从军报国的理想。1953年4月，我光荣地加入中国共产党，同年6月调入西南军区文工团。从此，我就把自己的人生追求牢牢定格在做忠诚于党的文艺战士上。无论顺境逆境，无论得意失意，无论面对什么样的严峻考验，我都矢志不渝地把对党的忠诚融入自己的艺术实践，先后创作的几部剧目，如歌剧《江姐》《党的女儿》，京剧《红色娘子军》等，受到党的几代领导人的关怀与肯定。1964年11月，毛主席观看了歌剧《江姐》并在中南海接见了我，还送我一套精装《毛泽东选集》，勉励我为社会主义文艺事业做出更大的贡献。我非常激动，那时我34岁。几十年过去了，毛主席送给我的书，我一直珍藏着；毛主席鼓励我的话，我一直铭记着。我始终把献身党的文艺事业作为永恒的信念。

我深知，世界上没有"速成"的艺术品，更没有走"捷径"的成功者。不管你是干什么的，必须认认真真、脚踏实地往前走，千万不要指望"一锄头挖出个金娃娃"。一旦确定了干什么，你就要学会"扎猛子"，不能浮在面上，要往根上去，这样才会开花结果。我在空军60年了，全国各地大部分地方都去过，这是我的一大笔财富。朋友们戏称我是一位"上过殿堂、蹲过牢房"的艺术家，这是指为创作京剧《红岩》，我和北京京剧院的一些同志到重庆渣滓洞体验生活的事。我们在渣滓洞牢房里，戴上了沉重的脚镣，双手也被反铐着，连续7天，不让说话，不许乱走乱动，三餐吃的是监狱里用木桶装的菜糊糊。我看到国民党特务用来折磨革命者的各种刑具，想起10根尖利的竹签一根一根钉进江姐手指时的惨烈情景。那种深入骨髓的"炼狱"生活体验，在后来进行创作时，一次又一次令我无法控制自己的情感。1964年，为了创作歌剧《雪域高原》，我去西藏体验生活。12月下旬，我坐上一辆大卡车，从西宁启程，经格尔木，上五道梁，一路风雪走了18天，到达海拔5000多米、零下40多摄氏度的一个空军气象站，晚上垫4床被子、盖5床厚棉被都冻得睡不着觉，白天又吃不到能真正煮熟的东西。高原官兵的奉献精神使我深受感动，一口气写出了剧本《雪域高原》。可以这样说，我的创作体验，就像吃饭穿衣一样离不开我的生活。我把自己的根扎在部队，从火热的军营生活中汲取艺术营养，坚守创作来源于生活的法则，饱含深情地写兵、唱兵，《我爱祖国的蓝天》《军营男子汉》等都是这样深入一线、行万里路，创作出来的。

在我家的客厅里，书架占满了整整一面墙，阅读对我的作用是潜移默化的。20世纪80年代，我为《西游记》创作主题歌《敢问路在何方》。"敢问路在何方，路在脚下"这句主题，就是从鲁迅《故乡》的名句——"其实地上本没有路，走的人多了，也便成了路"化用而来的。我是因为站在巨人的肩膀上，眼光一下子看远了。我创作的剧本和歌词，从古典诗词和民间戏剧中汲取的营养更是难以计数了。现在，我经常劝我的孙子、孙女读书。他们不接受，觉得网上什么都有。结果他们成天就是"低头族"。我觉得这不行，因为"书到用时方恨少"，如果没有平时大量的书本阅读积累，临时抱佛脚肯定是行不通的。

"读万卷书，行万里路"，修身立德永远在路上。我感觉，人的修为应当把握好"人生四分"，即天分、勤分、缘分、本分。"天分"，就是要清醒地了解自己的长处，善于发挥自己的优势，这样可以少走弯路，做自己感兴趣和有意义的事，成功的概率就会大一些。"勤分"，就是通往成功的必经之路。没有人会随随便便成功，没有付出的收获发生在我们身上的概率几乎为零。我很喜爱老舍先生的作品，比如《四世同堂》《骆驼祥子》，包括他的短篇《二马》《老张的哲学》，从这些主人公身上我看到了勤奋。

"缘分"，指的是机会。机会只垂青于有准备的人。"本分"，是对一个人的道德约束。每个人都应该有责任心，本本分分扮演好自己在社会和家庭中的每一个角色。

修身立德，培育爱国精神和情怀至关重要。我的老师乔羽同志曾说过："真正的艺术家都有两只坚实的翅膀，一只翅膀托着坚定不移的爱国心，一只翅膀载着光辉灿烂的作品。"爱国，是全人类都推崇的美好而神圣的情感。一个没有祖国的人，他的身后将一无所有。爱是一种深刻的东西，又是一个具体的东西。爱你的故乡热土、爱你的父母、爱你的儿女，都是这种爱的体现。我在《复兴之路》中描写过这样一段诗意的爱："山弯弯，水弯弯，田垄望无边；笑甜甜，泪甜甜，一年又一年；燕子飞，蜜蜂唱，坡前柳如烟；风暖暖，梦暖暖，这是我家园；最难忘，最难忘，妈妈脸上又见皱纹添……"我这一生是在用一种歌唱和赞美的方式来爱党爱国。如果活到100岁，我要继续奋斗15年，做一个真正站在时代琴弦上的放歌者！

阎肃

空军政治部文工团创作员、国家一级编剧，专业技术一级、文职特级，享受国务院政府特殊津贴。1930年5月出生，1953年4月入党，1953年6月入伍，创作了1000多部（首）作品，获国家和军队大奖100余项，参与策划100多台重大文艺活动，先后被评为空军优秀共产党员、优秀文艺工作者，荣立二等功1次、三等功4次。

以心灵温暖心灵

——一生行医的自律和自省

吴孟超[1]

我的座右铭是一句很简单的话：医学是一门以心灵温暖心灵的科学。

我入医学院之初，我的老师，被誉为"中国外科之父"的裘法祖院士就讲过这样一句话：医术有高有低，医德最是要紧。当时听来，不过是一句训诫。如今，在我自己走过近70年的行医生涯后，我越来越认识到，医本仁术，医生之于病人，其首要不完全在于手术做得如何流光溢彩，而是在于如何向病人奉献天使般的温情。

1　此文为吴孟超自述，光明日报记者齐芳整理。

几十年来，我冬天查房时，都是先把手搓热，然后再去接触病人的身体。每次门诊，都要与病人拉拉家常……这些细节对我来说不过是举手之劳，但病人的感觉就完全不一样了。

医学不是冷冰冰的学科。孙思邈说，大医精诚。为医者，医术当"精"，自不必说，而"诚"，就是医生的"仁爱之心"。因为，我们既要治"病"，更要治"心"。

这些年来，我总会面临名声与责任之间的抉择。1975年，安徽农民陆本海挺着如怀胎十月一样的大肚子找到我。他得了肝脏巨大血管瘤。没有医院敢为他动手术，做，还是不做？2004年，湖北女孩王甜甜的肝部长了足球大小的血管瘤，她负担不起肝移植的费用，又没有医院敢为她切除肿瘤。她找到我，做，还是不做？

这两例手术都成功了，之所以让我记忆犹新，并不仅仅因为手术的困难程度，也因为我经历了激烈的思想斗争。医生总会不断遇到各种风险挑战，如果过多考虑名利得失，那么无数的病人就可能在医生的犹豫和叹息中抱憾离开人世。如果说，生死之间是一条河，医生就要用责任心，把病人一个一个背过河，延续生的希望。

这个时代，医患关系成了社会热点。面对疾病本应勠力同心的医生和患者，为何如此剑拔弩张？作为一个医生，我深知医生的难处，也多次呼吁有关部门要坚决打击"医闹"。但作为医生，我们是不是也该自省：除去那些制度的、政策的制约和影响，我们是不是也有不足？

我看病，从来不开什么大处方，也没拿过红包、回扣。我手术时，用的麻醉药和消炎药都是最普通的。平时，我要求大家不用价钱贵的抗生素，做检查时也尽量为病人省钱。

我觉得，医生对病人要一视同仁。做医生的不能患上"富贵病"！如果连治病救人的医生都嫌贫爱富的话，那整个社会都不可救药了！

光明日报让我谈谈我的座右铭，我就把这句话与大家分享。这不是训导或劝诫，只是一个老人将一生行医的自律和自省与大家共勉。在我看来，"医生"是个崇高的称谓，希望每一位医者都能带着这种荣誉感和自豪感，对待每一位病人，"以心灵温暖心灵"。

吴孟超

　　1922年8月生于福建省闽清县，马来西亚归侨。肝胆外科学家，中国科学院院士，2005年度国家最高科学技术奖获得者，被誉为"中国肝胆外科之父"。

涵养动中静　虚怀有若无

任继周[1]

又是夏天，我已是91岁的年纪了。

这一生影响我的座右铭曾经有两个，是随着年龄而变化的。

从20世纪三四十年代开始，"立志高远，心无旁骛，计划引领，分秒必争"这个座右铭一直陪伴着我，鼓励着我，一直到我71岁。

这个座右铭鼓励我做一个高尚的人，不把困难和挫折放在心上，不为琐事分心，埋头做好自己的事。尤其是我体会到心无旁骛很重要，它可以使我精神内敛，节约精力而提高悟性。

1　此文为任继周自述，光明日报记者金振娅整理。

我对每一个生活阶段都订立学习计划，有任务，有进度。例如学期计划、假期计划、周计划，甚至精确到每一天的每一个小时。一般来说，我把一天分作三段，上午、下午、晚上。工作紧张时，计划到小时。一旦列入计划内的学习和工作，我都要完成，不许空白。计划可包括多项工作，但其中必须包含读书。

　　为了便于自我检查计划进度，我养成了写日记的习惯。我的日记从不间断，如有计划不当，也可以增减，但是必须有计划。多年来，我感到有计划和没有计划的生活质量、工作效率大不一样。

　　多年来，我深耕于中国农业系统的研究。近30年来，我一直在为"草地农业"的发展做种种努力，我为国内"重耕地轻草地，偏重以粮为纲，忽视发展草业"的现状感到忧虑。对于我的声音，有赞成的，鼓励我坚持；有反对的，激励我继续前行。目前似乎已曙光初现。

第二个座右铭就是"涵养动中静，虚怀有若无"。1995年，我当选中国工程院院士，二哥继愈看我忙得团团转，就送我一副对联——"涵养动中静，虚怀有若无"。我把它作为我的座右铭，这十个字是我晚年的定海神针。

　　人生高低行止、纷乱复杂，要自觉地做"涵养"功夫。不管多乱，不要使它吹皱心中的一池春水，保持心境的澄澈、平静，才能正常、充分发挥自己的能量。"虚怀有若无"，则可促使自己胸襟恢宏，接纳万物，有助于心境的和平、宁静，愉快地接纳新事物。

　　我在《人生的"序"》这篇短文中写下这句话："八十而长存虔敬之心，善养赤子之趣，不断求索如海滩拾贝，得失不计，融入社会而怡然自得；九十而外纳清新，内排冗余，含英咀华，简练人生。"老年人把生活弄得简单一些，把思虑弄得单纯一些，边玩边做，边做边玩，游戏与工作互为载体，这样生活得有趣而充实，对社会也多少有所贡献。

抱着这样的心情，80岁那年，我着手主编
《中国农业系统发展史》和《中国农业伦理学
史料汇编》。两本书都组织了多位相关领域专
家，大家为着共同的目标，一起努力探索我国
农业前进的道路。

任继周

1924年出生，山东平原人。我国现代草原
科学奠基人之一，国家草业科学重点学科点学
术带头人。1995年当选中国工程院院士。

真诚的力量让灵魂震撼

——巴金两句话指引我30多年写作生涯

赵丽宏

一个人，总有自己的座右铭。也许，在不同的年龄，不同的时代，会有不同的座右铭。小时候，父亲告诫我：为交友处世，要宽容待人。一生温文尔雅的父亲言传身教，让我懂得了该如何宽容待人。父亲去世20多年了，留在我记忆中的是他温和的微笑。

作为一个写作者，可以说出很多影响过自己的文学哲理，古往今来，多少哲人有过各种各样的高明的论述。在我的心里，印象最深刻的是两句很朴素的话，那是巴金送给我的两句话："写自己最熟悉的""写自己感受最深的"。

我从小就喜欢读书，古今中外的文学名著，能找到的都找来读了。大概在我上小学一年级的时候，读到爱尔兰作家王尔德的童话《快乐王子》，深深地被吸引、被感动，人类的同情和爱心，用如此奇特的方式表达出来，那么优美的文字！我记住了这本书，也记住了这个作家。

　　读《快乐王子》还让我认识了另外一位作家，这本书的翻译者——巴金。巴金年轻的时候翻译了很多外国文学作品，文字非常优美。我从小养成了这样的读书习惯，读到一篇好文章或者一本好书，就记住作家的名字，然后去找他写的其他书，这是我拓宽阅读面的一个重要渠道，而且这个渠道是不会误导读者的。我找到了巴金的《激流三部曲》《爱情三部曲》《憩园》《寒夜》，还有他写的散文。说心里话，读巴金的书时，我觉得有点压抑，他写的都是黑暗时代的故事，知识分子追求理想、追求幸福，最后都是头破血流的失败结局，这对一个在新中国出生的孩子来说有点沉重。小时候读书，还有一个习惯，一边读，一边想象揣测写书的是一个什么样的人，从他的文字中可以读到他的心。读巴金的书，觉得他是一个好人，是一个非常善良的人，从他的故事、他的叙述中，我感觉到他对世界充满了善意，尽管他时常在苦恼中。

十年"文革"，巴金受到粗暴的批判，他几乎从人间消失。"文革"结束后，经历苦难煎熬的巴金重新开始写作。我在报刊上陆陆续续读到他的《随想录》，这是巴金对中国现当代历史的回顾和思考，尤其是对十年"文革"的反思。读巴金的《随想录》，我觉得灵魂受到震撼。为什么？因为他的真诚。巴金在"文革"结束以后一直强调要说真话。"说真话"其实是做人的底线，但是对中国作家来说，在那个时代要说真话很难，尤其是知识分子、写书的人。你可以在生活中说真话，但当你要写作，要白纸黑字地落下来，就会言不由衷。言不由衷成为很多人的习惯。巴金用他的《随想录》告诉读者，什么样的文章是真话。他在反思历史的时候，也剖析自己的灵魂。正是他剖析自己灵魂的无情、严厉和真实，让我的灵魂震撼。我也看到很多作家说要讲真话，但是他们那种真诚和真实的程度和巴金是不能比的。

巴金回顾自己经历的每一个历史时期，他说的言不由衷的话，他对人有意无意的伤害，一件一件都真实地写出来，剖析灵魂，坦白心迹，毫不留情地批判自己。正如鲁迅先生所言：真正的现实主义是什么？真正的现实主义是把自己的灵魂亮出来给别人看。巴金的《随想录》是真正的现实主义。我读《随想录》受到的震撼，只有在读法国作家卢梭的《忏悔录》时有过。这是真诚的力量。我忍不住给巴金写了一封信，随信附上我刚刚出版的第一本散文集《生命草》。我在信中谈了对《随想录》的看法，并且希望巴金能送一本他最近出版的书给我，希望他能在扉页上给我写一句话。信寄出去以后，我有点后悔，我觉得巴金可能会不理我，那时候我还很年轻，也没多少名气，巴金这么忙，他会理会一个陌生的年轻作家的来信吗？我不该打扰他。没想到，四五天以后，我就得到了回音，那是一封挂号信，大信封上寄件人的签名是巴金。我迫不及待地拆开信封，里面是一本花城出版社刚刚出版的《巴金序跋集》，在书的扉页上，巴金为我题了两行字：

　　"写自己最熟悉的，写自己感受最深的。——赠丽宏同志，巴金"

　　这是两句很朴素的话，但这就是巴金一生的写作经验。他流传在世的那些动人的文字，写的都是他熟悉的生活，都是他对人生的真实感悟和思索。他在《随想录》中很多次写到自己写作生涯中的教训，曾写过自己不熟悉的，或者没有感受而硬写的文章，这样的文字，不会有生命。巴金赠我的这两句话，30多年来我一直铭记在心，这已成为我写作的座右铭。我不仅用这两句话指引自己的写作，也常常用这两句话回顾、反思自己的写作之道。去年，北京现代出版社编辑出版了我的十八卷文集，在编文集的过程中，我重读了自己40多年来写的各种文字，有些文字，我重读仍会心有共鸣，有些文字，觉得有点陌生，好像不是我写的，有些文字，让我感觉羞愧，因为写的并非我真正熟悉的，并非我的心里话。我没有勇气把这样的文字收在自己的文集中。巴金的这两句话，犹如试金石，检验着我40多年来的写作。写自己最熟悉的，写自己感受最深的，一定是真实的故事，是真诚的情感。回顾以往，有一点我感觉欣慰：在巴金为我题写这两句话之后的30多年，我没有写过言不由衷的文字。

赵丽宏

　　散文家，诗人。1952年生于上海。现为中国作家协会全国委员会委员，中国散文学会副会长，上海作家协会副主席、《上海文学》杂志社社长，全国政协委员，上海市政府参事。著有散文集、诗集、报告文学集等七十余部，有十八卷文集《赵丽宏文学作品》行世。散文集《诗魂》获新时期全国优秀散文集奖，《日晷之影》获首届冰心散文奖。2013年获塞尔维亚斯梅德雷沃金钥匙国际诗歌奖，2014年获上海市文学艺术杰出贡献奖。

悠游自在心如许
不待扬鞭自奋蹄

韩美林[1]

　　人活着是为了什么？该怎样度过？这并非是保尔·柯察金他们那些英雄要回答的，每个人都需要面对怎样度过自己人生的命题。我的画多数带给观众的是一种愉悦、喜感、快乐。但其实，要数发愁的事、痛苦的经历，我经历得也非常多。我出生在山东济南一个贫穷的家庭，两岁死了父亲，母亲要拉扯几个孩子，日子过得非常苦。我13岁就参军了，给司令当勤务兵。"文革"期间我一直在最苦的地方劳动，甚至还坐过四年零七个月的牢，脚骨被造反派踩碎，裂成四十多块，手筋被人挑断，至今拿不稳笔和筷子。

1　此文为韩美林口述，光明日报记者梁若冰整理。

但我选择的是忘记这些，继续寻找美、实现美，这才是我作为一个艺术家应该做的事情。因此，从改革开放之初起，我就开始画牛，并自喻为牛。抓紧劳动，力争把损失的时间补回来。这是我自己的内心追求，不需要别人来催促我。于是，"悠游自在心如许，不待扬鞭自奋蹄"这句话就成了我的人生座右铭。

人生只有不到三万天，明年我就80岁了。我每天都想高兴的事情，都在追寻美的踪迹。心脏虽然动了点手术，但我每天都能创作十几个小时，一旦进入角色，就会不吃饭不睡觉。艺术家不进入角色，就难以创作出感人的作品来。除了创作，近十多年来，我力争多做慈善，回馈社会。

"牛"在我国是勤劳无私的象征，只问耕耘，不问收获。我就是一头只知道低头拉车的老黄牛。从1997年开始，每年我们都开着"韩美林艺术大篷车"下到基层。我们一路行走，从民间艺术中汲取创作养料。最美、最好的艺术在民间，艺术家一定要"沉下去"，要深入到人民群众中去，才能源源不断地汲取创作的养分和灵感。几十年来，我艺术创作涉及的门类越来越广，书法、绘画、陶瓷、雕塑、设计等多有成就，每一种都与中国民间传统艺术息息相关。

同时，我的内心告诉我，我必须去扶持很多人和项目。因此，我每年花大量的时间自费去祖国各地走访，去寻找和援助那些濒临灭绝的传统民间艺术。去年我们的大篷车开到了山东淄博，发现这里的琉璃行业因为造型设计单一，面临着后继无人、濒临倒闭的窘境。为了尽可能多地给他们一些帮助，我们在工厂里一住就是半个多月，每天埋头苦干，不断设计新的式样、造型，与工人师傅们反复试验制作方法。这么好的手艺，我就是希望它能够传承下去。

我是共和国培养长大的，自己的一切都是祖国和人民给予的，我必须把一切奉献给祖国和人民。所以，我很少出售作品，只想将作品捐给国家。2005年以来，我为杭州、北京和即将落成的银川韩美林艺术馆捐赠了6000多件作品。作为新中国教育的受益者，我也很关心贫困地区孩子们上学的问题。从1997年在延安捐助第一所希望小学开始，到今年6月第八所重庆奉节韩美林希望小学挂牌成立，我们在全国共捐建了8所韩美林希望小学。2013年，我们还成立了韩美林艺术基金会，此后的每年12月，基金会都会资助文化艺术方面需要帮助的团体和个人。

人生的意义在于创造，在于奉献。我虽然不属牛，但我爱画牛，命运也像牛一样，倔强、勤奋，一辈子不停地劳动。虽然已经快80岁了，但我仍然认为，我像年轻人一样，每天都能学会更多的知识，创作和贡献更多更美的艺术作品来回馈社会，并乐此不疲。

韩美林

　　现任全国政协常委、中央文史研究馆馆员、清华大学教授，在绘画、书法、雕塑、陶瓷、设计等诸多艺术领域都深有造诣。主要代表作品为北京奥运会吉祥物福娃。

努力做一名合格的演员

李雪健[1]

　　每个人也许都有自己的座右铭，而且随着时间的推移、工作性质的变化，座右铭也会变得不一样。自从参加工作以来，我就有了自己的座右铭，而且从来没有改变过，那就是"努力做一名合格的演员，做一名大家喜爱的演员"。对我来说，这句话的重要性不可估量。各行各业都有自己的标准，演员也有演员的标准。"合格"二字看似简单，却相当不容易。

　　从1970年参加工作一直到1976年，我是一个"业余演员"。前3年时间，我在贵州210厂当车工，同时也是厂里业余宣传队的一员。到1973年，我应征入伍，进入了二炮部队，继续

1　此文为光明日报记者鲁博林采访整理。

在战士业余演出队里做演员。做业余演员的日子，让我印象最深的，就是人民群众对于文化生活的强烈渴求。尽管当时我们的演出水平有限，条件也很简陋，但是每到一地反响都非常热烈。这让我也开始意识到文艺事业的重要性。

我是看着新中国早期的电影长大的。孩提时代观看的一些电影，像《鸡毛信》《小兵张嘎》，以及后来懂事以后看的《烈火中永生》《狼牙山五壮士》《南征北战》等，直到现在我都记忆犹新。它们对我的成长和价值观的形成，几乎起到了决定性作用，因为优秀文艺作品中的形象，都能在潜移默化中作用于人的心灵。后来当了演员，我更进一步明白了文艺工作者作为"心灵工程师"的含义，体会到文艺工作者肩上承担的重任。

责任重担子大，对自己的要求就更不敢松懈。这其中榜样的力量也是巨大的。1974年，当时我还在二炮的业余宣传队。有一次，昆明军区文工团杂技队到我们部队来慰问演出。其中一位二十七八岁的女演员，我们当时大多数队员也就十来岁，都叫她老大姐。她在表演高台定车时，突然一阵劲风穿过舞台刮了过来，把她从大约两层楼高的高台上摔了下去。当时我们所有人都慌了，要派车送她去卫生队检查。但这位老大姐爬起来，一摆手，只是让我们给她打了一盆水漱漱口。我亲眼看见，她漱完吐出来的第一口水，有红色的血丝；再漱一次，吐出来的第二口，依然是红的，可最后她还是带伤演完了全场。离开舞台的时候，很多战士都流着泪为她鼓掌，一直目送她的车消失在远方。这件事给我的触动极大，它使我领悟到一位优秀文艺工作者的标准有多高，一名"合格"的演员究竟应如何自我要求。

再后来我成为一名正式的演员，从演话剧一直到出演电影、电视剧等，这句话我都一直牢记着。曾经的"演艺界"，如今变成了"娱乐圈"，充斥着浮躁，我觉得自己更需要这一句座右铭来时刻提醒、激励自己，明确一名演员的目的和宗旨何在。2014年参加文艺工作座谈会时，亲耳听到习近平总书记说过一句十分精辟的话："文艺工作者应该牢记，创作是自己的中心任务，作品是自己的立身之本，要静下心来、精益求精搞创作，把最好的精神食粮奉献给人民。"这句话说到我的心坎里了——作为演员，不应当是靠喧嚣的娱乐来维持自身的形象，而是用好的作品来实现自身价值，这才是"合格"的真意。

李雪健

1954年出生，影视演员，中国文学艺术界联合会副主席，中国电影家协会主席。他凭借《九一三事件》《渴望》《焦裕禄》《杨善洲》等作品，获得了中国戏剧最高奖"梅花奖"、第9届金鹰奖最佳男主角奖、第11届中国电影金鸡奖最佳男主角奖、第14届大众电影百花奖最佳男演员奖、第14届中国电影华表奖优秀男演员奖等众多奖项。

标新立异自圆其说

——我的治学和修为的理想

朱永新[1]

20世纪80年代初，还是大三学生的我，从当时的江苏师范学院被选送到上海师范大学教育心理学研究班学习。

在这里，我遇到了恩师燕国材先生。燕师是中国心理学史学科的重要开创者。我记得恩师第一次给我们上课时的情景——铃声一响，他健步登上讲台，在黑板上写下"标新立异，自圆其说"八个大字。这八个大字就是他倡导的治学方法。他把"创新"作为治学的灵魂，

---

1 此文为朱永新自述，光明日报记者靳晓燕整理。

也作为对弟子们的期待。"标新立异，自圆其说"八个字，自此深深地印刻在我的脑海中，成为我的座右铭。

有一次，燕师用"蜂蝶纷纷过墙去，却疑春色在邻家"的诗句，开始了对中国心理学史课程的讲授。这句也许并不太经典的诗，却激起了我这个年轻学子的强烈冲动——研究中国心理学史，解析中国人的心灵。于是，有了我们师徒间的长期合作。

1993年，我走上了苏州大学教学管理的工作岗位。燕师鼓励我结合工作进行思考与研究。他告诉我：教育学与心理学相通互补，可以结合工作开展教学管理的研究。

2000年，我开始发起一项民间的教育改革——新教育实验。"标新立异，自圆其说"，成为我们新教育同人从事理论与实践创新的重要原则。现在，新教育实验已走过15年的历程。它提出"完美教室""理想课堂"等概念，摸索

座右铭的故事

出"专业阅读、专业写作、专业发展共同体"的教师成长模式等，都具有一定的创新意义。

"标新立异，自圆其说"自是一种创新，也是精神成长的修为。这种创新，不是任意，不是任性，需要严谨的态度，需要扎扎实实、勤勤恳恳下笨功夫。

一晃30多年，我自己也开始双鬓发白。每当我治学上有所懈怠时，每当我在学术上陷入困顿时，只要一想起"标新立异，自圆其说"的叮咛，就会感到柳暗花明。

有人曾经问我，你为什么做新教育？新教育的彼岸是什么？我想，那应该是一群又一群长大的孩子，在他们身上我们可以清晰地看到，政治是有理想的，财富是有汗水的，科学是有人性的，享乐是有道德的。

朱永新

1958年8月生，江苏大丰人，苏州大学教授、博士生导师。中国民主促进会中央委员会副主席、中国教育学会副会长、新教育实验发起人。

立长志不要常立志

周濂[1]

我的少年时代，哥哥对我的影响很深远。他有各种各样的爱好，却每一种都浅尝辄止。我走上哲学的道路，机缘也来自他曾经买回家的哲学书。那时我悟到了一个道理：要立长志不要常立志。这是我的座右铭，我也经常这么告诉我的学生。

"立长志不要常立志"，对今天的年轻人也是有启发意义的。因为我们现在所处的时代，每个人面对的诱惑非常之多，而且每一种诱惑都可能让你深陷其中。这个时候我觉得立长志显得尤为关键。我在课上给学生讲过一句人生

1　此文为周濂自述，光明日报记者姚晓丹、光明日报通讯员姚伟康整理。

格言——就是古希腊德尔菲神庙上的那句话：认识你自己。其实，"立长志"和"认识你自己"，我觉得二者之间有非常紧密的关系，只有你真正认识到自己的潜能是什么，认识到自己的兴趣是什么，你才有可能立长志，否则的话你可能永远都迷失在乱花迷眼的风景当中。当然，"认识你自己"是非常艰难的过程，可能每个人终其一生都在寻找自我。

认识自我的过程也是高度反省的过程，做人如此，做学问就更应该如此。作为一个哲学系的教师，我在做学问的过程中以及和学生交流的过程中，总是希望脱离行动者的角色，以旁观者的身份来审视、考察自己的学问和生活。因为如果做学问没有高度反省意识的话，是做不成的，做教师同理。不过，我在课上也会经常告诉他们，"凡事勿过度"。你要找到追寻和静止之间的平衡点，找到"度"，这是特别需要人生的实践智慧的。

在"立长志"、追寻自我的过程中，还有一句话也需要谨记，是古希腊哲学家赫拉克利特说的，"上升的路和下降的路是同一条路"。你的人生到底是选择奋发有为、积极向上的路，还是选择同流合污、享乐纵欲的路，其实只在于你在人生的某一刻是否做出了所谓的"灵魂的转向"。因为在同一条路上，你向上转就是向上走，向下转就是向下走。相比之下，向下走的路会更加容易一些，即所谓"从善如登，从恶如崩"。人生无时无刻不在验证这些道理。

周濂

1974年出生，先后获北京大学哲学学士、硕士学位，香港中文大学哲学博士学位。2005年至今在中国人民大学哲学院任教，著有《现代政治的正当性基础》《你永远都无法叫醒一个装睡的人》等。

学一辈子雷锋
做一辈子好事

孙茂芳[1]

我9岁时母亲就去世了，母亲去世前留给我三个字——做好人。母教立本，从小时候起我就立志报效祖国，争做好人。我20多岁在部队当兵时，是连队里的学雷锋标兵，50多岁在北京当干部，是部队的学雷锋标兵。70多岁时，我获得了全国学雷锋的最高荣誉——"当代雷锋"称号。可以说，学雷锋贯穿于我的一生，雷锋精神激励了我一生。

我的座右铭就是"学一辈子雷锋，做一辈子服务人民的好事"。座右铭从来都不是一句空言，它是在个人实践中逐步形成的一种价值观

---

1 此文为孙茂芳自述，光明日报记者龚亮整理。

或行为准则，需要付出时间、精力，甚至牺牲自我来践行。

记得20世纪60年代，我在部队当兵，做好事总抢在别人前面。双休日我主动到驻地为群众割稻子，手指被镰刀划破了，用泥土一包，继续抢收。正当我干得热火朝天时，有人给我泼冷水，说我动机不纯，想出名，领导也要我注意影响。实话说，当时我学雷锋的劲头减了一半。后来，指导员给我送来《雷锋日记》和"老三篇"。通过学习，我意识到只有用先进的思想武装头脑，才能既学雷锋那样做好事，又学雷锋那样做一名真正的革命战士。当兵第一年，我就成为全团学"毛著"积极分子和学雷锋标兵。

50多年来，我经常被误解，甚至被嘲笑，但我学雷锋、做好事的信念从未动摇，一个根本原因就是理论创新这盏明灯指引了我，使我把学雷锋从形似提升到了神似。50多年的学习与实践，让我更加理解雷锋精神的伟大与作为一名共产党员的责任担当。

1997年，我当上北京军区总医院副政委，有人劝我"当领导要注意身份，应该抓大事，别老埋头学雷锋"。我一直照顾的一个老人突然不让我进门了，因为她也知道我当领导了，怕委屈了我。我跟她说，共产党员永远是人民的儿子，儿子给母亲洗脚、背母亲看病还怕掉身份？职务变了，反倒为我弘扬雷锋精神创造了更大的空间，也对自己学雷锋提出了更高要求。我跟大家讲学雷锋与发展社会主义市场经济的关系，并建立了博士雷锋小组，引领大家在更高层次上学雷锋，带动全院学雷锋。

2000年年底，我退休了。有人说，你现在退休了，年龄也大了，可以歇歇脚了，再去学雷锋也是"作秀""活得累"。而我却把退休当作学雷锋的新起点。我到全国各省市去开展"雷锋精神万里行"活动，宣讲雷锋精神；我带领志愿者到校园里、大街上做好事；我到处做报告，发挥自己的影响力，让更多人学雷锋、做好事。

很多人问我到底图什么？我说，只要受助的人高兴，感念共产党好、社会主义好，我就心满意足。这就是我所图的，也是一位共产党员所应该图的。我先后赡养照顾的29位孤残老人中，有一位老人我连续照顾了17年。她刚开始还以为我是骗子，经常挖苦我，但我始终像儿子对待母亲一样耐心，给她洗脚、梳头。临终前她立下遗嘱，要把价值上千万元的四合院和十几万元存款赠送给我，被我拒绝了。我说，我有责任照顾您一辈子，却无权要您一根草。

现在，我到街头、社区、车站做好事，经常扛着"学雷锋志愿者"的牌子，做完好事还要给受助对象发一张印有雷锋头像和我姓名、电话的联系卡。一个人学雷锋，仅能发挥一滴水的作用，动员全社会学雷锋，才能促进社会风气的转变。我希望雷锋精神能成为每一个中国人心里的道德丰碑。

孙茂芳

　　北京军区总医院原副政委，全国道德模范，2014年3月被中央文明委授予"当代雷锋"荣誉称号。50多年来，他始终不渝坚持学雷锋做好事，先后赡养29名孤寡、病残老人，资助38名特困学生，培养了大批雷锋式的优秀人才，带出10个先进单位。

"座右铭伴我飞向太空"

——航天员景海鹏谈如何圆梦飞天伟业

尚文超[1]

1998年1月,他成为我国首批航天员,2008年,他搭乘神舟七号飞船飞向太空。3年后,他作为指令长同两位队友乘神舟九号飞船再次升空,顺利完成神舟飞船与天宫一号交会对接。他就是景海鹏,中国两度飞天"第一人"。在坚持与拼搏中成就梦想,写下人生传奇,让我们分享他的座右铭。

记者:古今中外很多名人都有自己的座右铭,比如你的同行美国宇航员阿姆斯特朗说

---

1 尚文超为光明日报记者。

过："我相信每个人都有有限的心跳，我不打算浪费我的心跳跑来跑去做运动。"请问你怎么看待座右铭，你以什么座右铭自勉？

景海鹏：我小时候就听过很多著名的座右铭，像"满招损、谦受益""有志者、事竟成"，都曾给我很多启迪。人生中总会遇到种种问题，合适的座右铭能在不同人生阶段给人以巨大力量。比如我小时候，很喜欢打篮球，可当时我个头小，老师不让我上场。但我个性里有股不服输的劲头，就借个篮球自己练，一个人，穿身破烂衣服，对着破旧球筐，一遍遍地练投篮、上篮。终于，在一次关键比赛中的最后时刻，队里主力受伤下场，轮到我替补上场。我迅速扭转落后7分的局势，还在最后时刻投出一记压哨2分球，为我们队赢得至关重要的胜利。这之后，我就成为篮球场上永远的主力。直到现在，在我们的航天大队里，我仍然是篮球场上年龄最大的前锋。

现在年轻人有句流行语，叫重要的事情说

三遍，那时候支撑我的信念，也就是我的座右铭也要重复三遍，就是——学习学习再学习、努力努力再努力、坚持坚持再坚持。从那时起，这句座右铭就一直陪伴着我。

我青少年时期充满波折，上中学后，学校距离我家70多里路。同学们在学校食堂吃"份饭"，一天要3张饭票，我却负担不起，只能每周两次徒步回家拿黑面馒头和咸菜。在这段艰苦的日子里，我那句简单的座右铭经常萦绕在心，不管再苦，我都告诉自己，不能放弃学习，不能放弃努力，要坚持下去。

直到部队来招考飞行员，老师不让我报名，说我营养不良，体检肯定不合格。我认为有一丝改变命运的希望就不能放弃努力。我跟老师说回家取干粮，就跑去参加飞行员体检，结果，我是全县唯一通过层层考核的人，成功考上保定航校。在这段经历中，这句座右铭一直给予我很强大的力量。可以说，座右铭关乎我的人生方向，若不是一再努力、坚持，我与载人航天事业不会发生一丝联系。

记者：作为国家的首批航天员，10年后完成飞天梦想，期间两度见证队友升空，你的飞天之旅可以说并非一帆风顺，这句座右铭在你追逐航天梦的过程中，起到什么样的作用？

景海鹏：神舟五号飞船升空时，杨利伟成为我们当中第一个飞上太空的人，我心里没有其他情绪，只是确定，我身上一定还有做得不足够完美的地方。我认真寻找差距，回到房间把八大系统的资料摊在地上，埋头把所有资料学一遍再学一遍。神舟六号飞船升空时，我成为候补航天员，虽然距离飞天仍有距离，但我知道，我离梦想又近了一步，我绝不会放弃。人生就是在这样的坚持中创造奇迹。

我还清晰地记得刚入大学时的一次游泳考核。我从小在山西长大，是个十足的"旱鸭子"，在那次考核前，我怎么练都学不会游泳。但如果不能在考核中合格，就会被剔除出队伍，送回老家。万般担忧之中，我下水了，刚乱划一气，便几乎沉入水底。我急了，心里想：不到最后，我绝不认输，绝不半途而废。奇迹发生了，我下沉的身体渐渐浮了起来，我突然会换气了，一下子游了200米，达到优秀成绩。老师同学们包括我自己都惊呆了。所以我一直坚信，信念的力量是巨大的。可以说，我是带着这句座右铭，一起飞上太空的。

记者：载人航天事业，浪漫也危险，其实完成一次飞天，已经圆满完成一名航天员的使命，你为什么还要选择第二次登上太空？这其中是否有坚持坚持再坚持的信念在发挥作用？

景海鹏：其实，航天员的使命是随时准备执行飞天任务，并不是完成一次壮举，"功成名就"枕在功劳簿上睡觉。在完成神舟七号的飞行任务之后，我没有停歇下来，随时准备出征。在神舟九号飞行任务需要一名有经验的老同志带队的时候，我第一时间站出来，我对组织说："我是从农村走出来的孩子，不但成为飞行员，还当上航天员又飞了天，所有的梦想都实现了，现在组织需要我，任务需要我，是时候让我回报祖国了。"

记者：对于未来你有什么计划，这句座右铭是否会在未来的道路上继续陪伴你?

景海鹏：现在，我仍是一名航天员，仍然随时准备听从祖国召唤，只要载人航天事业需要我，只需一声令下，我仍处于最佳状态。这句简单的座右铭，陪我走过了半生，已经成为我的伙伴，成为我人生中一句颠扑不破的真理，我会把它告诉我的孩子，也希望更多的人了解这句话的真正内涵，活出每个人的精彩。

"以爱与勇气接受生活赐予的一切悲欢"

——"最美女教师"张丽莉谈如何用"师爱"点亮明媚人生

朱伟华　张士英[1]

2012年5月8日，在黑龙江省佳木斯市第四中学校门前，29岁的女教师张丽莉，在失控的汽车冲向学生时，先是把后面的两个学生挡住，又一把推开了几个学生，自己却被车轮碾轧，造成全身多处骨折，双腿高位截肢。

目前，张丽莉就读于北京师范大学特殊教育专业。受伤后，她把"以爱与勇气接受生活

赐予的一切悲欢"作为座右铭，以乐观的态度笑对人生。她在 QQ 空间里写道："做一个明媚的女子，不倾国、不倾城，只是倾尽所有去爱！"张丽莉用心诠释"师爱"这两个字的真谛。

记者：为什么会把"以爱与勇气接受生活赐予的一切悲欢"这句话作为您的座右铭？

张丽莉：受伤之后我看了小说家克兰的一本书《孤儿列车》，书的扉页上写着这句话，当时就觉得特别符合我那时的心境以及现在的一种生活境遇。这句话能起到一种激励和警诫的作用，所以我就把这句话当成了座右铭。

爱和勇气对我来说都非常有意义。在我受伤之后，社会各界一直给予我关爱，家人给了我很多的爱，还有现在我当了妈妈之后，孩子给予我情感上的依靠，这些都是我的精神支柱。我接受了这么多的爱，也希望把它传给更多的人。我是双腿高位截肢，选择当妈妈，身体上各方面受到的限制很多，所以整个怀孕期间，需要克服的困难也特别多。但是一想到有宝宝之后，我的人生观和价值观包括整个对世界的感受都会不一样。那时候，也是用爱和勇气来接受宝宝的到来。

记者：您为了救学生失去双腿，在那段艰难的日子里，是如何走过来并能笑对人生，用坚强去书写美丽的？

张丽莉：一开始，面对截肢的事实，我是接受不了的，觉得老天对我太不公平了。我救了孩子们，为什么要让我面对终身残疾这样一个残酷的事实？

后来，在慢慢恢复的过程中，我感受到来自家人的希冀，渐渐悟出一个道理，只要人在，家就在，我的父母和家人对我来说是最大的精神支撑和恢复的动力。想明白这些，我就觉得活着特别美好。

调整了心态之后，我开始可以面对残疾这

个事实了，但是面对不等于接受，其实我有很长时间不敢看自己的残端。看到自己以前的照片，想到自己以前穿的高跟鞋，我就会在没有人的时候偷偷流眼泪。我反复地劝自己，如果我自己都不能够面对自己，那我就更不可能走出去面对世人的目光，也不能正常回归社会。我要求自己坚强起来。

有段时间，我看到别人对我的注视就感到特别害怕，特别排斥和厌恶那种目光。实际上大家可能是出于一种关心，或者可能是一份怜悯，但我真的很难接受。我意识到，必须让自己重新融入社会！为了锻炼自己的心理承受能力，走出自我封闭的状态，有段时间，我让家人陪着我，在周末人多的时候，去医院附近的一个大型商场，让自己置身人群中，逼迫自己去适应、接受，努力让自己正常地生活在社会里。我不断告诉自己，我没有什么是和别人不一样的。

由面对到接受，到适应，到现在努力地生

活，我经历了非常艰辛的过程，也正是"以爱与勇气接受生活赐予的一切悲欢"这句座右铭一直激励着我。我逐渐明白，生活终究是不完美的，只要你以良好的心态去面对和接受它，你就会发现生命中的每一件事情都是有意义的，都是上天赐给你的礼物。只要你认真努力地生活，生活一定不会辜负你。

记者：您为什么选择在北师大就读特殊教育专业，对今后的生活有什么规划？

张丽莉：我考虑得很简单，自己本身就是老师，我很热爱教育事业，也很爱我的学生们，我的教师梦没有因为受伤而放弃。我一直憧憬着能重回讲台。我受伤之后，对这方面关注特别多，接触了一些脑瘫、智障、听力障碍的儿童，他们是有特殊教育需要的。我想我为什么不重新再学习一下这方面的专业知识，为这些孩子服务呢？

所以我选择在北师大就读特殊教育专业硕士

研究生。我现在最大的目标就是把研究生课程顺利读完，在学业方面更进一步。我也希望自己身体快速地恢复到生宝宝之前的状态，这样才能更快地完成学业，尽快继续我的教育工作。

康复、学习、照顾宝宝，以爱与勇气接受生活赐予的一切悲欢，这就是我现在的生活状态。此时，再看那句座右铭，我对生活又有了新的诠释和理解。这句话一直提醒着我，要以一种平和的心态去接受生活中的变化。这不是一种被动的接受，而是要用爱和勇气，去面对生活中出现的一切，不论是好的还是坏的事情。

阳春白雪 和者日众[1]

郑小瑛

今年86岁的郑小瑛是我国第一位歌剧、交响乐女指挥，她也是中央歌剧院终身荣誉指挥。50多年来，她曾在20多个国家和地区舞动指挥棒，指挥演出2000多场。

在业内，有人称她为拼命三娘，她也是这个世界上仅有的年过八旬还频繁指挥演出的女指挥家。老人家为什么这么拼呢？

指挥家郑小瑛：我看到后汉书上有人说"阳春白雪，和者必寡"。自古以来都是认为阳春

1　此文为央视记者采访文字稿。

白雪（音乐），最接触人们灵魂高端的、清净的、崇高的东西，和者必寡，也就是说能够理解它和应它的肯定是少数。我希望"阳春白雪"能够一天比一天有更多的听众，能有更多的人来理解它走进它。

郑小瑛6岁开始学钢琴，20岁时她被苏联合唱指挥专家杜马舍夫选中，成为了新中国第一位女性合唱指挥家。随后，她又被选派到苏联国立莫斯科柴可夫斯基音乐学院进修交响乐、歌剧指挥，期间成功指挥了意大利歌剧《托斯卡》，她也因此成为第一位登上外国歌剧院指挥台的中国指挥家。

指挥家郑小瑛：咱们古人说移风易俗莫善于乐。音乐之于人心，人的灵魂的影响是其他任何技术所达不到的，它能在你心灵里唤起一种回响。

而想让更多的人有这种心灵上的回响并不容易，1978年，中央歌剧院翻译成中文的歌剧

《茶花女》复排上演的经历让郑小瑛至今心痛不已。

指挥家郑小瑛：观众根本没有注意我已经到了乐池里了，闹哄哄，吃瓜子，我就没法开始。《茶花女》前面有一个非常凄婉的管弦乐的序曲，一开始是非常轻的，在演出时也有人趴在乐池边上来说这是什么戏？怎么一个劲地唱也不说话。也有人说，这里还有一个人打拍子，怪不得这么齐。我心里很痛。

那次的经历让郑小瑛突然明白，要想让"阳春白雪 和者日众"必须要做些什么。做什么呢？郑小瑛想到了办讲座。

指挥家郑小瑛：在开演以前我在门口拎一个小录音机，去吆喝，我说现在在休息厅里有20分钟的音乐讲座，有兴趣的请跟我来，我开始走，后面有一部分好奇的人就会跟着我来。

从此，这位看似高高在上的指挥家变成了

平易近人的义务讲解员，演到哪儿，讲到哪儿。感兴趣的听众越来越多，甚至还有人头一天不知道，没听全，第二天买票再来听一次。

慢慢的，郑小瑛的讲座火了起来，不仅慕名而来的人越来越多，还受到了学校的邀请。

针对不同的听众，郑小瑛费了不少心思。走进中小学讲解时，担心孩子们听不懂，郑小瑛就带上乐队，边讲边演。

就在理想逐步实现的时候，"阳春白雪"再次受到了冲击。

八十年代末九十年代初，流行音乐风靡一时，对歌剧、交响乐等集体表演艺术冲击很大，一些文化部直属文艺单位干脆都不演出了。郑小瑛和几个女音乐家想办一个小的室内乐队，让孩子们知道除了邓丽君还有这么多其他的世界名著，表现更多的思想内容，更能启发我们对于时代、对于生活、对于人生的思考。

一招呼还真有十几个人报名，就这样新中国第一支女子志愿乐队——爱乐女室内乐团成立了。人有了，乐队组起来了。郑小瑛卖了女儿的大提琴，乐团里其他成员凑了点钱，加上一个小企业捐来的1000元，爱乐女室内乐团终于能演出了。

　　在爱乐女成立的七年里，先后有80多位音乐家参加过活动。大家利用业余时间不计报酬地演出了近三百场，到过七十多所大中专学校和厂矿农村，听众数量达23万人次。

　　1997年郑小瑛接到了厦门市的邀请，希望她到厦门去组建一个乐团。然而在一次体检中，她被查出患上了癌症。但这并没有让郑小瑛停下脚步，1998年厦门爱乐乐团正式成立。此后的十五年，厦门爱乐乐团演奏了包括古今中外经典交响音乐近400小时，1200场音乐会，并把一部表现客家人奋斗史诗的中国优秀交响乐——《土楼回响》带到了11个国家80多个城市。

指挥家郑小瑛：生命就是有限的，我们能活到今天应该是很幸运的了。有时候来了，也就是觉得太早了，有些事情还没做完。那怎么办？赶快做呗。

眼下老人家正忙着向国家艺术基金申报"郑小瑛高端歌剧人才培养项目"，并且已经通过初评。

指挥家郑小瑛：我认为我的人生的使命，在我的行业里面，主要是普及，主要是把我所学到的东西，我所掌握的东西与更多人分享，能够"日众"，我就开心了，没有什么更大的野心。

做难事必有所得 [1]

金一南

从一名普通工人到国防大学教授，金一南完成了精彩的人生蜕变。

金一南，国防大学教授。让他声名鹊起的是一本书——《苦难辉煌》。这本书从历史事件和历史人物切入，描绘了中国工农红军长征前后的画卷，记录了中国共产党从苦难走向辉煌的历程。现在，一本书能发行5万册就算是畅销书，而这本革命历史题材的书籍被印刷了50多次，售出200多万册。

1　此文为央视记者采访文字稿。

金一南经常给学生和读者写的一句话就是，"做难事必有所得"。这句话并不是从别处得来，而是他自己最深的感悟。1970年，18岁的金一南被分配到北京的一家机床元件厂当学徒。但到厂里报到的第一天，他就傻了，他看到车间全部是黑的，每人面前一个喷灯，一个一个通红的面孔并流着汗。

　　金一南被分到的是平底管车间，就是用煤气喷灯的高温加热，把一根玻璃管烧成两个玻璃瓶子。车间闷热、喷灯烤人不说，还得用两只手直接捏着滚烫的玻璃管，刚开始，因为瓶子底不平，失败了一大堆瓶子。金一南说，这是18岁的他人生第一次尝到挫败感的滋味。所以，在自己的日记本上写下了"做难事"三个字。打定了要做难事的决心后，金一南也确实下了一番苦功。

　　一个多月后，当金一南一天10个小时能烧出3000个玻璃瓶子的时候，他烧的瓶子终于能"站"住了！

因为不怕做难事，金一南的瓶子烧得越来越好，还获得了人生中的第一个"技术能手"称号。三年后，这个本来一心只想当个"烧瓶子工"的学徒，已经成为厂里的技术标兵。于是，金一南的日记本上，原来的"做难事"后面又多了四个字——必有所得。

从此，这句话成为了金一南的座右铭和行动指南。他说，从机床厂到通信团，从当工人到入伍当兵，每次换一个新的环境，接到一个新的任务，他都是抱着"做难事"的决心主动去啃硬骨头。但当时他并没有意识到，这句话会在后来给他的工作和生活带来巨大变化。1997年，在国防大学图书馆当管理员的金一南，意外得到了去美国国防大学学习的机会，就因为他能用英语跟外国人交流。

金一南说，入伍的时候他视力很好，4年后眼睛近视了。但正是20世纪80年代初在北京军区当兵的这段时间，他在手电筒下自学了英语、中国通史和世界通史，而且一学就是5年，没承想这段经历竟为他争取到了赴美学习的机票，也让他后来有机会进入国防大学执教。

而让他一举成名的著作《苦难辉煌》，更是他"自讨苦吃"的结果。在搜集资料、核实史实的过程中，金一南发现了许多亟待"挽救"的历史人物和故事。这让他萌生了一个念头，好好写一本书，还原中国共产党的相关历史。

虽然《苦难辉煌》第一版已于2009年出版，但是金一南说，这本书还没有写"完"。他对记者说，2009年出版的这一版里面还有很多史实的遗憾，比如说周浑元作为一个国民党追击红军的重要将领，我查遍了所有资料都没有找到，最后写了一句"这个人来也无影去也无踪"，后来就因为这句话《苦难辉煌》第一版发行之后，很多读者给我来信和一些资料的复印件给我寄来，从第一版2009年出版到第二版，6年时间又重新把史料做了很多订正，我觉得这是一个对历史负责的态度，一定要核实、准确，要经得过历史的检验。

这20多张软盘里存的都是金一南当年写作的草稿，这些"古董级"的笔记本里，是按年份、人物姓氏等分门别类手抄整理的资料，正是这种"啃硬骨头"的阵仗，才有了最后《苦难辉煌》里200多位生动的历史人物。

用了15年时间《苦难辉煌》才最终出版，这本书获得了我国新闻出版领域最高奖"中国出版政府奖"。而回想自己一路走来的40多年，从一个只有高中学历的普通工人，到最后成为教授、博士生导师和畅销书作家，金一南说这都是因为他不怕"做难事"、偏要"做难事"带给他的收获。

在金一南看来，今天的"难事"比他年轻时要少多了，但一些年轻人却反倒总把"难"字挂在嘴边。可如果对"难事"甘拜下风，"难事"就永远难，但如果迎难而上，"难事"最终能成为好事。

"我的座右铭"反响热烈
光明微博阅读量达 633.1 万

方莉

光明日报北京8月27日电（记者方莉）在全党广泛开展"三严三实"专题教育之时，8月3日以来，光明日报和中央电视台共同推出"我的座右铭·当代国人的修身故事"系列报道。一个个生动的人生故事引发了热烈的社会反响，截至27日15时，光明日报微博发起的"我的座右铭"话题在新浪平台上的阅读量达633.1万，讨论数达1589条。

截至目前，光明日报和央视共刊（播）发27位名人大家、两院院士、时代先锋、道德模范等的座右铭故事。这其中，有学者型领导叶小文，有"中国肝胆外科之父"吴孟超，有舍身救学生的"最美女教师"张丽莉……在他们质朴深情的讲述中，"白天走干讲，晚上读写想""以心灵温暖心灵""以爱与勇气接受生活赐予的一切悲欢"等座右铭广泛传播开来。

真实的情感最动人，名人大家的座右铭故事引人入胜，激励着更多人树立崇高理想信念。光明日报8月5日一版刊发《读万卷书 行万里路——我修身立德创作的力量源泉》，阎肃讲述了自己"献身党的文艺事业"的故事，以及座右铭"读万卷书，行万里路"对他修身立德的指引作用。

身边的故事最感染人，普通百姓的座右铭故事同样精彩，读者、观众、网友纷纷从中汲取修身律己的精神力量。光明日报8月18日2版刊发的《"以爱与勇气接受生活赐予的一切悲欢"》，讲述了张丽莉用"师爱"点亮明媚人生的感悟。央视8月17日播出的《钟晶：在需要我的地方发挥价值》，讲述了80后女孩钟晶坚持7

年在贵州黔西南偏远乡村当医生，"以心换心，在需要我的地方发挥自己的价值"的人生体验。

在推出报道的同时，光明日报微博、光明网和央视新闻发起了"说出你的座右铭""说说我的座右铭"活动，以网上征集或街头海采的形式采集普通百姓的座右铭。截至27日15时，该话题在新浪微博平台上的阅读量达2853.4万，讨论数达5700条；光明网《说出你的座右铭》互动专栏的阅读量达68854。在肯定这组报道的同时，不少网友还分享了"天道酬勤，智善路宽""既然选择了远方，便只顾风雨兼程"等座右铭的深刻内涵。

树立民族文化自信的主权意识

——《我的座右铭·当代国人的修身故事》专栏评析

刘卫东[1]

自2015年8月3日开始，光明日报和中央电视台推出了《我的座右铭·当代国人的修身故事》栏目（以下简称《我的座右铭》），这是与前段时间的《家风家教大家谈》《校训的故事》等一脉相承的媒介文化新现象。它以其充满优秀传统人文教化的感召力量，再次引起读者热议与好评。推出此类学养丰富、亲切感人的自立、自强小故事，契合了时代发展的文化脉动，恰逢其时。

---

1 刘卫东为天津师范大学新闻传播学院原院长、文化传播与社会发展研究所所长。

首先，通过"座右铭"这种传统的箴言与自勉形式，传递了社会主义核心价值观的微观内容，也是华夏文明最"接地气儿"的大众表达。

　　这些来自各行业人士的修身故事，从不同的职业角度与心灵侧面，折射出人们坚守社会良知、重塑民族精神魂魄的时代召唤：著名老艺术家、85岁高龄的阎肃先生，一生将"修身立德"作为自己艺术创作的力量源泉；中国科学院院士，被誉为"中国肝胆外科之父"的吴孟超，用"心灵温暖心灵"的炽热之情，展示了一位医德高尚的老医生一生的自律和自省；用"母教"立本，以"学一辈子雷锋 做一辈子好事"作为激励自己人生行为准则的"当代雷锋"孙茂芳；还有将"交友处世，宽容待人"作为一生座右铭的赵丽宏老人；而像学者叶小文的白话文字，"白天走干讲，晚上读写想"，质朴又饱含深意，读来倍感亲切自然。这些自勉、自励的话语箴言，珠玑藏海，水静潭深，在读者面前展现出一幅幅"承载了悠久的传统文化, 涵化出共同的价值追求"的当代国人"鲜活且源源不断"的精神资源与文明画卷。

其次, 彰显了主流媒体"肩担道义, 妙著文章"的责任担当。

如果说《我的座右铭》栏目, 是与前面谈到的《家风家教大家谈》和《校训的故事》一脉相承的话, 那么, 从中可以发现, 这是一个把个人、家庭和学校三者结合起来, 由表及里, 层次分明, 并不断向深层推进的传播涵化过程。它表明, 媒体对这三组报道的策划, 是有长远考量的, 有一个战略性报道的谋划思路。

在现实生活中, 弘扬社会主义核心价值观(形而上的意识形态), 与公民个人品德、家庭美德、职业道德、社会公德(形而下的行为特征)等具象行为, 是有机结合的。从当今时代的个体公民, 到每一个家庭的家教家风, 以及学校的校训校风, 其表象特点在于, 它们都是"身边"的事,"身旁"的人,"身边"的有形之物；而座右铭的深层内涵则是一个人的价值观、人生观和世界观等人生追求的投射，是当代国人优秀传统文化资源和思想精神结构的真实写照。

在转型中国难得的历史发展机遇期，《我的座右铭》栏目的策划者们，抓住了中华民族实现"复兴之梦"的核心价值所在，彰显了媒体人应有的伦理操守与精神境界，凸显了主流媒体引领时代风尚的责任担当与使命情怀。只有通过自身高尚的职业道德、利他主义的社会行为与角色定位，主流媒体才能在社会公众面前，不断深化自身的社会权威形象和道德影响力。这种媒介伦理文化产生的"自我他性特征"，正是人民群众对党的新闻工作的期待与向往。

最后，对树立中华民族文化自信的主权意识，具有潜移默化、润物无声的涵化效果。

主权是政治学、国际关系学的专业词语，它是指某一个主体力量的宰制权，是某种主体力量的最高权力，如国家主权、文化主权等。在华夏文明价值认同和文化主体性问题上，文化主权是彰显文明生存正当性的最高权力体现。当代中国的现代化转型，必然经历从经济发展到政治昌明，再到文化自觉的逐步深化、递进的历史过程。实现中国梦的民族复兴大业，最终将体现在最高价值层面上的民族文化主权意识的觉醒上。

在当今世界种种并存的、相互竞争的价值体系中，主流媒体要保持和增强构建"人类命运共同体"的理想追求，就有责任阐明中华文明自己的"存在必然性"，在历史转折的重要关口，弘扬社会主义核心价值观，担当起捍卫中华文明的历史重任。

座右铭的本质是国人长期与自己的陋习和薄弱意志做斗争的修身警示之辞。在当下，它也是领导干部"三严三实"教育的应有之义。修身最有效的办法就是择善友而交往，通有无而互励。该栏目"于无声处起笔，浸润读者心灵；置可学处标杆，令人见贤思齐"，可谓"增德益智、涵养情趣"的良师益友。这些"博学于文，约之以礼"的格言警句，正是中华民族文化自信的主权意识在国民百姓中的觉醒与重构。

网友声音 [1]

@三南布衣：每个人都应该有自己的座右铭，通过对名人座右铭的学习和感悟，可以给我们带来更多的启示，甚至可以"据为己有"，并付诸行动。

@水心：大家的座右铭，就像是他们的"成功秘籍"一般，晒出来可以变成供人们学习的范本。光明日报策划这样的系列报道，很有现实价值与积极意义，这等于给迷茫者点亮了一盏"心灯"。

---

1 网友声音为光明网记者刘冰雅整理。

@孤竹一粟："以爱与勇气接受生活赐予的一切悲欢"，我的座右铭与"大家"的"撞"了。这也证明，人生信仰没有大家、草根之分。坚持自己的座右铭，我们的人生也能划出精彩的轨迹。

@圆子曰：周濂"立长志不要常立志"，朱永新"标新立异，自圆其说"，业界精英的座右铭简单直白，又干净利落。读懂这些语言背后的初心，我们更能收获满满的正能量。

@喀秋莎：不拔高，不过度阐述，只是用说故事的方式，深入浅出地把"言可立人"的几种境界娓娓道来。对于读者来说，这是久违的"开卷有益"。

后　记

　　党的十八大以来，光明日报立足自身的定位和特色，把社会主义核心价值观宣传报道作为核心任务，放在核心位置，作为报纸的基调和底色，突出文化特色，突出文化内涵，发掘典型，讲好故事，阐释理论，评析热点，使核心价值观宣传报道取得了新的令人瞩目的成绩。

　　编辑《核心价值观的故事》丛书的目的就是要对这些成绩作一番系统的梳理和展现，为践行和弘扬社会主义核心价值观提供借鉴和启示。首批编辑出版的有《家风家教的故事》《校训的故事》《新乡贤的故事》《地名的故事》《核心价值观百场讲坛（第一辑）》，第二批编辑出版的有《座右铭的故事》《品牌的故事》《新邻里的故事》《文艺名家讲故事》《核心价值观百场讲坛（第二辑）》。丛书的主要内容来自报纸的报道和文章，但并非简单地照搬，而是经过精心的编辑和加工。

　　在"治国理政新实践"重大主题宣传报道中，

光明日报组织优秀记者采写了《为国家立心为民族铸魂——十八大以来党中央推进和深化社会主义核心价值观建设纪实》，对三年来以习近平同志为总书记的党中央培育和弘扬社会主义核心价值观的新理念、新思想、新战略、新实践进行了全景式报道和深入深刻的评析，现作为特稿，收入书中。

值此丛书出版之际，首先要特别感谢的是长期以来亲切关怀、精心指导、充分肯定光明日报核心价值观宣传报道的中央领导、中宣部和中央文明办等部门的领导。他们的关心和厚爱，是光明日报进一步推进和深化核心价值观宣传报道的不竭动力。

要特别感谢的是一直以来高度重视、亲自部署、大力推进核心价值观宣传以及丛书所收录各系列报道的光明日报总编辑何东平和光明日报编委会其他各位领导。何东平和光明日报副总编辑陆先高十分关心和支持丛书的编辑出版。何东平为丛书撰写的长篇序言，阐明了光明日报"把核心价值观宣传放在核心位置"的办报理念，总结了光明日报核心价值观宣传报道的经验，思考了创新核心价值观宣传的思路，对阅读这一丛书提供了有益的帮助。陆先高主持召开丛书编辑工作会议，为丛书的出版奠定了基础，指明了方向。

需要感谢的还有参与和支持丛书所收录各系列

报道采写、文章撰写、稿件编发及相关工作的光明日报社办公室、总编室、评论部、科技部、教育部、文艺部、理论部、国内政治部、经济部、国际部、摄影美术部、记者部、新闻研究部、军事部、光明网等相关部门和国内外相关记者站的记者、编辑、工作人员以及社外各位领导、专家和作者。

光明日报新闻报道策划部相关编辑倾心尽力负责丛书所收录各系列报道的策划、组织和协调、落实，积极筹划和投入丛书的编辑和出版，他们付出了很多心血和辛劳，在此深致谢意。

光明日报出版社社长潘剑凯、常务副总编辑高迟对丛书出版给予热情关心和支持，责任编辑谢香、李倩为丛书的编辑出版表现出足够的耐心和细心，也一并表示感谢！

由于丛书编辑时间仓促，或存有错误，敬请各位读者批评指正。

图书在版编目（ＣＩＰ）数据

座右铭的故事 / 袁祥主编. —— 北京：光明日报出版社，2016.11
（2019.10重印）（核心价值观的故事丛书）
ISBN 978-7-5194-0217-4

Ⅰ．①座… Ⅱ．①袁… Ⅲ．①故事－作品集－中国－
当代 Ⅳ．①I247.8

中国版本图书馆CIP数据核字(2016)第255008号

座右铭的故事
ZUOYOUMING DE GUSHI

主　　编：袁　祥

责任编辑：谢　香　李　倩　　　　　　责任校对：傅泉泽

封面设计：谭　锴　　　　　　　　　　责任印制：曹　诤

出版发行：光明日报出版社

地　　址：北京市西城区永安路106号，100050

电　　话：010-67078248（咨询），010-63131930（邮购）

传　　真：010-67078227，67078255

网　　址：http://book.gmw.cn

E-mail：renqing339@126.com

法律顾问：北京德恒律师事务所龚柳方律师

印　　刷：河北鹏润印刷有限公司

装　　订：河北鹏润印刷有限公司

本书如有破损、缺页、装订错误，请与本社联系调换

开　　本：165mm×230mm

字　　数：72 千字　　　　　　　　　印　张：7.5

版　　次：2016年11月第1版　　　　　印　次：2019年10月第3次印刷

书　　号：ISBN 978-7-5194-0217-4

定　　价：19.00元